par gayard...

Serr...

Vie

9495.

Le Rhinocer.
Tragedie du Temps

Aveline inv.   Flipart Sc.

LE
RHINOCEROS,
POËME EN PROSE
DIVISE'
EN SIX CHANTS,

PAR Melle. DE ***.

Et pueri nasum Rhinoceruntis habent. Martial. Ep.

M. DCC L.

AVIS DU LIBRAIRE.

Voicy une Lettre critique de l'Ouvrage qui m'a été adreſſée ; je ſouhaite que la complaiſance du Lecteur égale celle du Critique.

LETTRE

DE M². DE B....

A L'AUTEUR.

Mademoiselle,

J'ai lû avec une forte de complai-
fance pour mon cœur la Préface de vô-
tre *Rhinoceros* ; je n'y ai point rencontré ce ton uniforme & fotement humble qui dans les préfaces de prefque tous
les autres livres femble nous préparer
par dégré à l'ennuy que garantit le refte de l'ouvrage.

Madame de T***. une de ces *Duchef-fes de finance*, que nous a fi bien ren-dues l'Auteur de la Lettre à une *Da-me* Anglaife, cette *ex-bourgeoife*, a trou-vé le premier Chant de votre Poëme du *dernier affomant* ; répandue comme elle dans tout *ce qu'il y a de mieux, te-nant cercle avec les gens comme il faut*, elle eft enfin parvenue à *l'art divin* de ferrer miftérieufement les dents quand elle veut s'exprimer ; Sa prononciation *confidérablement* gênée n'a pû fe plier à la rudeffe *infinie* du terme *Ganadou-mouri* l'un des Génies moteurs de vô-tre Poême. Quel nom en-effet , Made-moifelle ! jufqu'aux *Euduques* de *Mada-me* en ont friffonné dans l'anti-chambre. Ils l'ont pris pour un *à parté d'Energu-mene*. Cela feroit *au mieux le pendant des noms fépulcraux du pieux hiftorien des Vampires* ; *Madame* a crû en être aux *périodes toifées de M. de Meimbourg* ; *il faudroit, pour n'y point périr, les poûmons ro riers d'un Orphée de Pont-neuf.*

Cela est vrai, Mademoiselle ; vous écrivés, & vous ignorés la faiblesse *des poûmons de condition.* Ganadoumouri dans la bouche d'une femme du *bon ton* qui se *manqueroit essentiellemeut* à elle-même, si elle vouloit se donner la peine d'articuler proprement ; *passe pour le précepteur du petit bon-homme.*

Le nom de *Gasmeser lui monta au cerveau;* sa langue *paresseuse* ne pouvoit le *découdre.* Celui de *Tésicuriola* étoit à *heurler.* elle étoit *désolée* quand elle eut achevé de lire votre premier Chant ; les idées lui paroissoient *grimpées au pôssible* ; les expressions *mésaliées* ; un stile *gazetier* ; elle a dit à cela fort à propos qu'un pareil ouvrage n'étoit pas *graciable;* qu'on n'y trouvoit point cette aménité.... ces *riens délicieux* ...... & qu'enfin votre *Rhinoceras joueroit le mort né.*

C'est, a t'elle dit, *un crime de leze-public ; mais on devroit nous donner des Poëmes sur toutes les bêtes de la ménagerie...* A propos de bêtes, l'Abbé de V...

qui préfidoit à la lecture du manufcrit ,
& qui paraiſſoit d'une *aifance* avec *Ma-*
dame , l'interrompit pour lui parler de
fon *bénêt de mari.* Ah l'Abbé , dit-elle,
en minaudant ; *vous deviez lui faire*
grace ; n'y a t'il donc que lui de Monf-
tre dans la nature.

Votre fecond Chant vous a mérité
de fa part un tribut de *vapeurs.* Ce tableau des *Thuilleries* lui a paru fi raba-
tu ; les caractères mal *anatomifés* , les fi-
tuations *trop manierées* ; les portraits encore brutes , l'admiration de votre Genie *curiofité d'un hébétifme* ... fes défirs
amoureux d'un *transfuge du coche* , votre *Gafmefer* un *plaifant de Gaillotte*, fes
leçons , d'un *frere à grand chapeau.*

L'Abbé fit une vigoureufe fortie contre votre troifiéme Chant ; vous y par-
lés *fi horriblement* des Caffés ... & c'eſt
dans ce *temple des Néologues* où il va
donner impérieufement le ton ; où il
s'abouche avec de Jeunes *anti-lettrés*
qui font fes *proxenettes* des *miferes du*
jour. Le *pincé papillottage* voltige fur

ses propos. Ses discours sont *musqués
comme ses vêtemens ; il loue , il fronde ;
il persifle* selon qu'il a bien ou mal di-
géré ; car en Abbé de *bonne maison* qui
*soupe aux bougies , & rentre aux cinq
heures , il croit aux digestions paresseuses.*

Vous *avez mauvaise grace* de louer
les Comédiens. Ces *faquins* ont depuis
trois ans une piéce qu'il leur a donnée
qu'ils se proposent de laisser longtems
au répertoir pour y *mourir* avec les M.
les V. les C., & tant d'autres *embrions
dramatiques*, qui par leur mauvaise con-
formation, ont presque été étouffés dans
le sein de leur pere malheureux ; ils
ont même juré que , si on les y con-
traignoit , ils la *jouroient en pantoufles.*

Votre peinture de la Foire Saint Germain a parû à *Madame* une *plaisanterie à
punir des femmes de naissance qui font
des incursions sur les terres des filles commodes ? s'égayent à poursuivre dans les
voyes publiques de bonnes fortunes ? ah !*
ce gout a pû se rencontrer dans les
femmes des Empereurs Romains , mais

à Paris, des J.. des M....

Votrequatriéme Chant a eu la mê-me difgrace ; le tableau de la caverne du Griffon n'a point trouvé de *Seâai-res*, que cela eft mal amené ! une ca-verne où fe trouvent des machines d'o-*pera*, d'ouvrages dramatiques. L'inimi-table Auteur de S.... doit vous favoir bien mauvais gré de la découverte d'un lieu qui lui étoit fi cher ; votre indif-crétion donne à fes rivaux les moyens furs de s'enrichir de ces nouveaux tré-fors ; vous leur montrés au doigt le *vrai beau*. Je voudrois, pour le bon or-dre, que dans l'Empire des lettres il y eût des loix fuivies qui, déféraffent aux auteurs un privilége excluſif fur les *mi-nes littéraires* dont ils fe devroient l'heu-reufe découverte. On ne verroit pas tant d'Ecrivains *inhabiles à créer*, enva-hir impunément les richeffes d'efprit de ceux qui en font les propriétaires, les incorporer dans leur butin, & par des dégradations qui les aviliffent, leur donner un vernis *de fauffe originalité*

dont un lecteur fenfé n'eft jamais la
dupe. Que d'auteurs du jour perdroient
à cette nouvelle forme de Gouverne-
ment?

Je viens, Mademoifelle , à votre éloge du *Gros Thomas*; tout important qu'eft
ce Monfieur fur ce *Pont tumvltueux* ,
puifqu'il y figure de toute fa *plénitude*
avec le refpectable Courfier d'un héros
le modéle des Rois ; vous pouviez , a
t'on dit , réferver la gloire de fon éloge
aux crayons *mariniers* de *l'Auteur de l'É-
clufade* ; des *Scaronades* dans un Poème!
un tableau des halles ! Comment nous
avez-vous fait grace du Pilori ? le portrait d'un fripier ! un *épifode calqué à
faire peur* ! tiffu d'invraifemblance ; un
Opera en profe ! des *Céladoniana* ; en vérité , Madame auroit preferé la lecture
entiere du *Cirus*.

Mais le cinquième Chant n'auroit-il
pû obtenir grace ? raffurez-vous , Mademoifelle ; c'eft prefqu'ici le *nec plus
ultra* des vapeurs de *Madame*. Elle y a
joué *la bonne humeur à ravir* ; l'Abbé a
refpiré ; on s'eft vû à l'aife; vous étiez

divine, dans les sorties que vous faites contre ce *Pauvre himen*. On se plait toujours à accabler les malheureux ; tout y *étinceloit d'Epigrammes*, *tout éclatoit de faceties*. on vous *á* dit *illuminée de Moliére*, des maris *Rhinoceros* ? s'est écriée, Madame, ah ! l'Abbé, je doute que le mien prenne plaisir à lire ce morceau... le petit Prêtre a cependant remarqué que vous vous étiez livrée à un *terrible* anacronisme. Vous placés l'époque de l'infidélité des femmes à l'arrivée du Monstre à Paris ; comment avez - vous pu vous pardonner cette erreur ?

L'Abbé a bâti des ruses amoureuses sur votre idée du *Rhinocéros de carton* ; cet artifice renouvellé des Grecs lui a parû bien habillé à la Françaife. L'imagination de *Madame* n'y a point gagné. *Monfieur fait fon bien vivre ; il ne paraît jamais où Madame fe trouve ; ou il y joue fouverainement la distraction.*

Mais votre dernier chant a réveillé l'humeur *impardonante* de vos Juges à-Sopha. Madame a trouvé votre critique des coëffures à la Rhinoceros à mourir.

Elle avoit positivement ce jour *un Rhinoceros* qu'elle appelloit son *enfant gâ-
té*. Elle alloit être *excedée , anéantie* ;
mais l'Abbé prudent a tiré sur le champ
un miroir de sa poche qu'on a appellé
en garantie de votre mauvais goût. On
vous a *affiché comme bégueulle , une mauf-
fade qui manquoit à son sexe* , en l'atta-
quant par son plus grand mérite. *Mais
de grace , l'Abbé , m'aimeriés-vous ? si je
n'avois point la coëffure du jour , si mes
Diamants n'étoient point taillés par Che-
ron , si mon panier ne venoit point du Pont-
au-change , si ma poudre n'étoit point à
la Maréchale , & si mes ajustemens n'é-
toient point de la Duchape.* En vérité ,
Madame , s'écria l'Abbé , vos attraits ....
*non , je vous connais , vous autres hommes ,
nos ajustememens prennent plus sur vous
tous* . . . . *ils font toujours les premiers
frais de vos défaites ;* c'est ce que me disoit
la jeune Marquise qui joue si bien la
Comette ; son mari aussi commerçable que
le mien , ne s'étoit encore rien senti pour
elle depuis deux ans de mariage ; il la vit à
l'Opera ; elle avoit un *Rhinoceros ; le*

croiriés-vous., Monfieur eut le mal Bourgeois ; il entra le lendemain chez là Marquife fans fe faire annoncer ; & j'en veux
avoir de ces nouvelles coëffures.... Qu'eft-ce
que cela fait à cette petite Brochuriere ?
Ce n'eft point exifter que de ne pas faire
de dépenfe. Monfieur m'aimeroit-il moins
que fes chiens ? Il a donné à fon épagneul
un colier de diamans de mille écus qu'il a
pris à crédit chez l'Empereur. Je veux qu'il
me regarde comme fes Tubéreufes , dont
les caiffes vernies par Martin lui coûtent
chacune quinze louis. N'a-t-on pas un état ?
Veut-on qu'allant en cercle fans l'ajuftement
reçû on me faffe l'affront de m'envoyer au
lever la faifeufe ? Le céderai-je à cette Pro-
cureufe qui dit à fes femmes , ne me par-
lés plus de cette robe-là ? On me l'a vue
trois fois au Palais Royal ; voulés-vous
que je m'affiche. Holà mes gens , qu'on
m'aille prendre chez Bourgeot de nouveaux
échantillons.... Non l'Abbé, il y a des Juges...
je me ferais féparer.

Je continue de lire, Mademoifelle ,
que vois-je ! vous frondés les harnais
à la Rhinoceros ; & le fellier de Ma-

dame venoit sur le champ de lui en livrer un de ce goût, & *Madame en fem-*
me du bel air l'avoit renvoyé sans même lui donner un à compte.

Il vous plaît de déranger tout à coup
l'imagination des Poëtes & des Romanciers qui se trouvent au spectacle
du monstre ; Vous fixés à ce tems l'é-
poque maligne des ouvrages *éclopés*
dont ils sont les peres *complaisans* ; mais
l'Abbé qui écrit *du dernier goût* avoit
vû l'animal, & cependant quelque tems
après il avoit mis au jour une brochu-
re *divine* qui atteste la frivolité de votre époque ; quoiqu'il n'y ait eû que
Madame à qui il en avoit fait la *récon-*
noissante dédicace, & sa Marchande de
cachou, *bonne connoisseuse*, chez qui
cet ouvrage recherché se soit trouvé.

Le massacre de votre Héros *quadru-*
pede dans les airs a révolté ; que n'en-
voyés - vous prendre langue dans les
Caffés, ou aux Halles, ce qui est à
peu près la même chose (il est des
commeres sous toutes les formes) on
vous auroit appris que l'illustre Animal

erroit encore dans les Provinces, où
il recueilloit un tribut continuel d'admiration. Ç'étoit là l'amufement du
jour. Les toilettes s'ouvroient par un
hommage à ce Monftre *recommandable*.
Les groupes ceintrés & tremblotans
des *héraclites du Palais Royale* en
ont fait l'objet de leur glapiffement
nazillard ; un des poudreux Sultans
d'un férail claffique l'a chanté dans
une ode en paragraphes ; Le difert
Écrivain des gazettes en avoit fait
un article d'ennui. Vous pouviés-
vous faire inftruire. Pourquoi dans
un Roman jetter des faits au ha-
zard ?

Vos Génies pleureurs font des fots,
N'étoit-ce point affez les humilier que
d'en avoir fait des hommes ; que ne
leur faifiez-vous grace de quelques unes
de leurs faibleffes.

On vous a couronné pour l'idée jufte
& riante de vos *Silphes financieres*. On
fait avec vous qu'il n'y a rien de fi
fémillant, de fi léger, & de plus *fubti-
lifé* que cette riche Efpéce. Voyez Tur-

cdret ; le jolï *Petit - Maître* !

Mais la tranfmigration de l'ame grof-
fiére du Monftre dans le corps des Poëtes & des Ecrivains *du tems* n'a point
pris auprès de l'Abbé ; il n'a pû *fe com-
mercer* avec l'idée affligeante *d'Auteurs
Rhinocéros*. Celle de mari de ce nom
lui avoit ri ; *il en étoit le Chevalier* ; *il
l'aportoit fur les bras* ; parce qu'il pouvoit donner des certificats propres à
l'accréditer ; mais à fon égard il, eft auteur ; l'injure réfléchit fur lui ; il doit
vanger la caufe commune.

De mon côté, Mademoifelle, moi
qui ne fuis ni écrivain, ni mari, ni
femme, ni Abbé (double efpece d'une
différence infenfible) ma neutralité dans
votre critique me met à lieu de vous
payer un tribut d'éloges que je vous
dois par tant de motifs. Ami de votre
Amant fous les yeux duquel vous avez
élevé cet ingenieux édifice d'imagination, j'ai reçu de vous le précieux avantage de lire votre ouvrage manufcrit,
avant que vous le milfiez entre les
mains du Public ; en cela l'amour a
rendu hommage à l'amitié ; ces deux

divinités de nos ames ont toujours été
les paffions les plus fociables ; elles fe
donnent de mutuels fecours ; l'amitié
ébauche un cœur où l'amour entre pour
le perfectionner ; mais fouvent ce dernier, trop tôt reconnaiffant, laiffe à
l'amitié une place que celle-ci n'occupe plus que par bienféance.

Cette malheureufe vérité ne trouvera jamais ni vous, ni votre amant, pour
la garantir : dans ce délicieux commerce d'efprit établi entre vous, ce fera toujours l'amour qui fera la plus forte dépenfe, & qui fera dépofitaire des
fonds. L'amitié fimple n'y entrera que
pour en bannir l'amour-propre rébelle
& les capricieufes préventions ; mais,
que dis-je ! Vos idées feront unes comme vos cœurs ; j'aurai la douce fatis-
faction d'admirer éternellement cette
intime correfpondance, cette exacte
relation de votre efprit & de vos ames,
& celle de me dire avec les plus ref-
pectueux fentimens,

M A D E M O I S E L L E ,

Vôtre, &c.

De B.

EPITRE

A MADEMOISELLE J***,

Ci-devant Actrice de l'Opera Comique.

U l'exiges, ma chere, je veux bien te consacrer le fruit badin de mes loisirs ; mais une dédicace va te donner des vapeurs. Ne t'attend point cependant à des louanges simétrisées & tracées par le crayon d'une basse flaterie; c'est au seul D. la plus tendre partie de toi-même, à qui il est réservé de te peindre : quels charmans éloges doit-il te prodiguer, s'il les mesure sur tes graces, sur ton amour, & le sien !

Reçois mon livre aussi favorablement, que

tu admets dans tes bras ce cher amant ; que
fa lecture devienne l'intermède de vos plaifirs. Puiffe-t'il fervir à repofer ta belle tête,
lorfque dans un aimable délire vous vous
livrés à de délicieux tranfports, fi fouvent
répétés, & toujours nouveaux. Quels pré-
fages heureux vont annoblir fa naiffance !
mon amour pour Lan... lui aura donné le
jour ; celui qui t'unit à D .... lui donnera
l'immortalité.

PREFACE.

GRACE aux lumiéres de notre siécle, & aux exemples nombreux, on ne doute plus que les femmes ne foient en état de courir avec fuccès la carriére du bel efprit. Il eft décidé que nous fommes également fufceptibles de goût pour les productions badines, & les matiéres relevées, pour les madrigaux & la phifique, pour les lettres légéres & la tragédie.

Perfuadée du bon gout de la plûpart de mes lecteurs, c'eft aux hommes polis que je veux rendre compte des raifons qui m'ont engagée à m'effayer dans le genre épique. Je ne balancerai point à dire qu'une paffion en a été la premiere caufe; eh pourquoi le cacherois-je? L'amour n'a rien qui puiffe faire rougir une ame vertueufe. Mon amant d'ailleurs m'eft plus cher qu'aucun préjugé. Voici ce qu'il m'écrivit un jour.

» Vous qui m'avez apris que j'avois
» un cœur, daignez à votre tour reçe-
» voir mes leçons. Si jamais j'ai ſçu vous
» amuſer par quelques vers agréables ;
» ou ranimer votre tendreſſe par l'ex-
» preſſion de la mienne, quand j'em-
» pruntois les plus vives couleurs de
» la poéſie, rendés-moi ſentiment pour
» ſentiment, & plaiſir pour plaiſir ; vous
» le pouvés ; les graces & le goût vous
» ont formée ; ce goût arbitre des cho-
» ſes, appréciateur des talens, inſé-
» parable de la volupté. Quels dons
» vous manquent de ceux qu'exigent
» les muſes ? enjouée, tendre, ſolide,
» profonde, vous ſemblés avoir plu-
» ſieurs ames, ou plutôt la vôtre a les
» richeſſes de mille autres à la fois ; eſ-
» ſayés de mettre en œuvre ces richeſ-
» ſes ; ſouffrez que l'imagination dé-
» veloppe votre génie, & l'enleve ſur
» ſes aîles dans le beau pays de la fic-
» tion. Mille contentemens l'y atten-
» dent ; ce ſera le prix de mes conſeils ;
» je veux étendre vos plaiſirs ; l'amour

» m'a flaté que les vôtres feroient tou-
» jours les miens. Cet amour que vous
» connaiffés, & que vous m'avez fait
» connaître, eft à comparer à la poéfie
» en bien des points. Tous deux tirent
» du Ciel leur origine, & rendent leurs
» favoris femblables aux Dieux ; tous
» deux font un feu pur ; on ne met
» point fans honte un prix à leur fa-
» veurs ; elles n'en ont point par leur
» nature ; tous deux féduifent le cœur,
le remuent, & le plongent dans une
délicieufe ivreffe ; les tranfports d'un
amant paffionné reffemblent au vif en-
toufiafme ; on naît Poëte, on naît aimable ; il eft peu de grands Poëtes ;
il eft peu de vrais amans.

C'eft ainfi que j'ai été portée infen-
fiblement à compofer ce que je donne
au public ; mais je n'y ai pas travaillé
feule ; mon amant a pris la plume dans
de certains endroits ; je fuis bien aife
d'avoir cette excufe auprès des perfonnes, qui trouveroient peut-être des peintures un peu vives fémées dans le corps
de l'ouvrage.

Indépendamment des raisons avec lesquelles on soutient que la Poéſie ne dépend point de la cadence & de la rime, j'ai préferé la proſe aux vers, parce que j'ai craint de rabaiſſer la grandeur de mon ſujet dans des vers faibles.

Je ne demande point d'indulgence, parce que je n'en mérite point, ſi je n'ai point de talent ; il me ſuffira que j'aye donné à l'amour cette preuve de mon obéïſſance.

PLAN DU POEME

Introduction.

L'ARRIVE'E du *Rhinoceros* à Paris a intéressé la curiosité de tant de personnes, & donné lieu à tant d'évenemens dans l'Empire de l'Amour, qu'on a crû pouvoir en faire la matière d'un Poëme.

L'aimable Auteur de la *Chartreuse* & du *Méchant* n'a pas dédaigné de consacrer ses crayons légers à l'éloge d'un Oiseau qu'on n'auroit jamais connû sans lui ; à quel plus juste titre le *Rhinoceros* qui a été vû de presque tout l'Univers, qui a étonné les yeux autant par sa rareté, que par sa prodigieuse stature, & changé tout à coup la face du *Pays des modes*, merite-t'il qu'on fixe, par quelque ouvrage, son nom, ses malheurs, & les brillans événemens que son apparition a fait éclore.

On voit peu de têtes femelles, même les *Roturieres*, qui ne portent des marques élégantes de leur passion pour la corne, & la queuë du Monstre. Les harnais des chevaux des Ducs, & des enfans de *Plutus* en font un brillant apotheose. Un Marquis de *Biribi* a même déja donné le projet d'un jeu à la R*hinoceros ;* ne sera-t'il pas permis de déferer à cet Animal fameux, une place dans les faftes littéraires avec lesgrenouilles d'Homere, les Rats de ... les *Chats* de D. & le *Perroquet* de G....

Ce Poëme, quant à l'économie, diffère peu de tous les autres. Enfant de l'imagination. Des êtres d'imagination le foutiennent.

PREMIER CHANT.

Chef - d'œuvre d'ennui , grand préfage pour les autres,

Trois Génies appellés par anagramme, l'un *Gana doumouri*, c'eft-à-dire, Amour du gain, l'autre *Gafmefer*, ou Meffager, le troifiéme *Téficuriola*, c'eft-à-dire la curiofité, aprennent qu'il exifte un Monftre apelé *Rhinoceros* ; que ce Monftre eft expofé à la curiofité des peuples des Provinces-Unies ; que ceux qui en démontrent les particularités; en retirent un profit confidérable. Le Génie *Amour du gain* conçoit le deffein d'aller enlever ce Monftre, pour l'amener en France, & jouir feul des fruits de fon expofition ; il fait part de fon projet aux deux autres Génies qui lui font fubordonnés. Le départ des Génies eft précédé d'un facrifice au Deftin. Les Génies invifibles arrivent à Amfterdam. On connaît la promptitude de ces Meffieurs dans leurs voyages. Peinture des mœurs des Bataves. Enlevement du *Rhinoceros.*

Les femmes & les petits-maîtres perdront beau-
coup à le lire.

Le Monftre eft tranfporté à Paris fur le dos
d'un Griffon invifible. Eloge de cette Ville.
Les Génies admirent en paffant le Jardin des
Thuilleries. Eloge de ce Jardin, des Rois
qui l'ont érigé & embelli. Le Génie *Meffager*
fait remarquer au Génie de la *Curiofité* un nombre infini d'originaux qui fe promenent dans
ce Jardin ; il lui rend compte de leurs mœurs,
& de quelques unes de leurs avantures, dont il
s'eft fait inftruire pendant fes voyages. Etonne-
ment du Génie *Curiofité*. Le Génie *amour du*
gain envoye fes deux miniftres choifir dans l'enceinte de la Ville un lieu où le Monftre puiffe
être donné en fpectacle.

TROISIEME CHANT.

On le trouvera tout entier dans un Manufcrit de la
Bibliotéque Bleuë.

Les deux Génies parcourent la Ville. Extafe de *Téficuriola* à la vue des differens objets
qui s'y rencontrent ; il brûle du défir de copier
le petit-maître. *Gafmefer* lui fait voir les incon-
véniens de l'imitation, & les avantages qu'on
retire de l'originalité. *Téficuriola* prend le change fur la nature des Caffés. Peinture des Caffés,

& de ceux qui s'y rendent. Eloge de la Comédie , & de ceux qui la repréfentent. Les Génies parviennent à la Foire *Saint Germain*. Tableau de cette Foire, des Sacrifices qu'on y fait à l'amour , & des *Veſtales d'Amathonte* qui y viennent entretenir un feu perpétuel. Analiſe des *Griſettes* qui y fourmillent. Apothé-ſe des *Pantins*. Portrait du génie volage des Français. Les Génies miniſtres choiſiſſent un lieu propre à y élever un théâtre , & s'en retournent rendre compte de leur miſſion à *Ganadoumouri*.

QUATRIEME CHANT,

Un peu moins intéreſſant que les autres.

Ganadoumouri fait tranſporter le Monſtre par ſes Génies dans l'endroit choiſi de la Foire. Il renvoye ſon Grifton dans ſa Caverne. Portrait de cette caverne, & des particularités qui s'y trouvent ; ils arrivent à l'endroit marqué. Ils y élevent un théatre pour y placer le Monſtre. Les Génies ſe déterminent à prendre des figures humaines ; *Gaſmeſer* eſt chargé d'aller enlever des habits aux halles. *Ganadoumouri* veut prendre un habit étranger. Reſpect imbécille des Habitans de Paris pour les Etrangers. Eloge du *Gros Thomas*. Le *Génie* arrive aux Halles. Deſcription de ces antres ténébreux. Il entre chez un Marchand. Portrait d'un Frippier ; il s'empare de trois habits differens ; il y voit une jeune Beauté se travestir en homme pour se souſtraire aux pourſuites de ſes parens, qui veulent l'enlever au jeune homme qui l'accompagne. Eſquiſſe des graces de cette belle, de l'élegance de taille de ſon amant. Changement ſubit dans le cœur du Marchand à la vue de l'heroïne; détail du déshabillé galand de la Belle; ſon traveſtiſſement; contraſte de ſes apas les plus ſecrets, & encore dans leur matin avec les charmes uſés de la femme du Marchand, qui l'aide à ſe traveſtir. Fuite des Amans. Retour du Génie vers *Ganadoumouri*. Les Génies prennent des figures humaines, & ſe parent des habits enlevés. Leur traveſtiſſement.

CINQUIEME CHANT.

L'Année merveilleuſe.

L'arrivée du *Rhinoceros* eſt annoncée dans les Caffés, dans les places publiques. Les Génies font imprimer des annonces. Eloge de l'Imprimerie. Portrait de la Montagne *Sainte Genevieve*, & des Originaux qu'on y rencontre. Portrait de ceux qui ſe rendent à la Foire, pour y voir le *Rhinoceros*. Avantures galantes arrivées à l'occaſion du Monſtre. Ce que la vue de ſa corne produit dans l'imagination des maris, & ſur la vertu des femmes. Songe bizarre d'un mari. La vigilance d'un jaloux trompée à l'aide d'un *Rhinoceros* de carton; récit que fait *Gaſmeſer* à *Téſicuriola* de cette avanture ; réfléxions des Génies ſur la ſingularité des évenemens dont on leur fait part.

CHANT SIXIEME ET DERNIER.

Tirés le mouchoir. Que de malheurs!

La Renommée porte le nom du Monſtre juſ-ques dans les Provinces les plus éloignées. La Gaſcogne en eſt inſtruite. Anatomie du ca-raċtére vif & léger de ſes Habitans. Le ſpec-tacle du *Rhinoceros* eſt toujours rempli de cu-rieux. Récit que fait *Téſicuriola* à *Gaſmeſer* d'u-ne de ſes avantures avec une jeune Marchande de la Foire. Origine des coëffures à la *Rhino-ceros*. Naiſſance des harnais du même nom. critique de ces nouveaux ajuſtemens. Change-ment ſubit que produit la vue du Monſtre dans l'imagination des Poetes & des Romanciers. Ouvrages monſtrueux qu'ils enfantent. Richeſ-tes immenſes que les Génies ont amaſſées dans leur ſpeċtacle. Enlevement du Monſtre dans les airs par des *Silphes* ennemis des Génies ; allarmes des Génies ; leur embaras ; maſſacre du Monſtre. Les Génies s'en retournent dans leur Palais. Proteċtion accordée par le Deſtin aux Français. Tranſmigration de l'ame groſ-ſiére du *Rhinoceros* dans les corps des Poetes & des Ecrivains du tems.

FIN.

LE
RHINOCEROS,

POEME EN PROSE

DIVISE'

EN SIX CHANTS.

CHANT PREMIER.

JE chante ce monſtre que l'Aſie vit naître, que la Hollande & la France admirerent, & qui étonna preſque tout l'Univers.

Ombre du divin Homere, toi dont la plume décrivit avec tant de majeſté & d'élégance tour-à-tour les Dieux, les Heros, les Géants, les Rats & les Grenouilles, verſe dans mon ouvrage l'heureuſe harmonie que reſpirent tes productions ; rabaiſſe t'on génie

A

au mien; vien foutenir ma voix, & réchauf-
fer mes accens.

Vien dire avec moi comment ce terrible
animal fut enlevé du féjour de fa naiffance,
comment il fut accueilli des habitans du fuperbe Paris, & quelle fin malheureufe borna fes
deftinées.

Dans les vaftes plaines de l'imagination,
pays toujours habité, & toujours inconnu,
eft un magnifique Palais invifible à l'œil des
mortels.

Un génie appellé *Ganadoumouri* y fait fa
réfidence, depuis que la cupidité conçut l'i-
dée d'attacher un prix à d'impurs métaux, que
la terre femble moins avoir produits pour nos
befoins que pour nos tourmens.

Il préfide à l'amour du gain qui regne fi
uellement fur tous ceux qui habitent la fur-
ace de la terre.

C'eft lui que l'habitant de la Neuftrie réve-
re; le peuple difperfé de la Judée obferve
réligieufement fes loix; il raffemble les trai-
tans autour du tapis verd; fous le nom d'himen, il donne le plus fouvent des liens hon-
teux: fous le nom d'amour, il inftruit les modernes lays aux fourberies; fous le nom de
Mercure, il allume furtivement des feux criminels; il met des paroles dorées dans la bouche des flateurs; dans celle des Chimiftes, ce
qu'il y a de plus magnifique en promeffes; il

rend invifible l'or des Banqueroutiers , &
change celui des partifans en vertus.

Ganadoumouri a deux autres Génies à fa
fuite , & qui font les Miniftres fideles de fes
ordres.

L'un, apellé *Gafmefer*, eft deftiné à voyager
dans toutes les parties du monde pour rendre compte à *Ganadoumouri* de ce qu'il a rencontré dans fa route qui puiffe attirer les
yeux.

Ce Génie a pour appanage l'indifcretion.
Les foupçons & les conjectures l'inftruifent le
plus fouvent au défaut de la vérité. Il four-
nit des Mémoires aux éditeurs d'anecdotes.
Les Nouvelliftes du Palais Royal s'endor-
ment mutuellement par le pouvoir fecret de
fon influence.

L'autre fe nomme *Téficuriola*. Son emploi
eft d'accompagner *Ganadoumouri* dans les cour-
fes qu'il fait d'un pôle à l'autre pour s'empaier
des objets rares & prodigieux deftinés à ac-
croître fes richeffes.

Téficuriola eft outre cela obligé par état
d'infinuer dans le cœur des hommes un vif défir de voir les prodiges que *Ganadoumouri* leur
fait annoncer. La curiofité eft le domaine de
ce Genie ; il peut compter autant d'adora-
teurs que le monde renferme d'habitans.

Sexe aimable, vous qui faites la plus belle
moitié du monde, vous fuivés les impreffions

de ce Génie, vous lui êtes presque aussi fidé‑
le qu'à l'amour.

Quoi, disoit un jour le suprême Génie, con‑
versant avec *Téficuriola* , *Gasmeser* auroit‑il
rencontré la paresse ou la négligence ? Se fe‑
roit‑il arrêté à converser avec elles ? Ces Di‑
vinités n'ont que trop de charmes ; elles font
sentir leur empire aux plus grands Génies.

Gasmeser entra précipitamment, tandis que
Ganadoumouri tenoit ce discours.

Je viens, dit‑il, Seigneur, de parcourir tou‑
tes les Contrées où votre auguste nom est
adoré.

L'unique merveille que j'ai trouvée di‑
gne de saisir votre attention , est un animal
d'une stature prodigieuse, & d'une grosseur
énorme.

Je l'ai vû de mes propres yeux, lorsqu'on
le conduisoit d'Asie en Hollande pour le don‑
ner en spectale aux Bataves ; je ne puis vous
le dissimuler, j'ai tremblé moi‑même à son
aspect. Tout en lui est effroyable jusqu'à son
nom.

Le *Rhinoceros* (c'est ainsi que les hommes
font convenus de l'appeller) est d'une hauteur
égale à celle des Geants. Son large front est
armé d'une corne qui descend presque sur son
nés.

Mais ce monstre n'a rien de l'instinct fa‑
rouche que sembleroit annoncer son exterieur.

Modéle digne des êtres qui ont la puissance en partàge, loin d'user contre les hommes qui l'approchent de la supériorité que l'énormité de sa taille lui donne sur eux, il est au contraire doux, tranquille ; il obéit sans peine à la main qui le guide ; il souffre les caresses qu'on lui fait, & croit voir dans tous ceux qui le contemplent, non des ennemis, mais des bienfaiteurs.

Cet animal, dit *Tisicuriola*, est sans doute envoyé par le Maître des Dieux sur la terre, pour servir de leçon à ces mortels féroces & orgueilleux dont la force est le seul droit, & qui sacrifient l'humanité à leurs passions. Heureux les hommes, s'ils sçavoient réformer leur caractere sur l'instinct paisible des animaux.

O ! mon cher *Gasmeser*, dit le suprême Génie, que ton discours enflame ma curiosité ! Je m'imagine que si je tenois le superbe animal, on payeroit cher le plaisir de le contempler. Tout doit céder aux volontés d'un Génie, qui réunit l'amour des richesses à la puissance. Je veux aller enlever le monstre à l'enchanteur qui le tient sans doute à ses ordres. On le donne en spectacle dans les Provinces qu'arrose le Tessel ; courons, volons y, rendons-nous en les maîtres ; qu'il soit invisible comme nous ; transportons-le à travers la region des airs dans mon Empire.

Il dit, & les Ministres, en courtisans fla-

A iij

teurs, applaudiſſent à ce projet. Leur avis ne
conſiſta que dans le fond ordinaire des louan-
ges qu'ils ſavoient prodiguer au ſuprême Génie
ſous différens aſpects.

Cependant le jour du départ eſt fixé ; il
approche ; on fait ordonner un ſacrifice au
deſtin, le Maître des Dieux & des hommes.

On y appelle de toutes parts les Silphes,
les Ondains, les Gnômes & les Salaman-
dres.

Un nombre encore plus grand de Fées &
de Génies ſémeles s'y rendent même ſans y
être appellés, dans le deſſein d'embellir la
cérémonie. *Téſiruriola* eut ſoin de les faire
placer, & de les mettre à portée de tout voir
& d'être vûs.

Le ſacrifice s'accomplit ; les offrandes furent
des déſirs & des eſpérances ; l'aîle des Ze-
phirs alluma le feu de l'Autel qui fût bientôt environné d'un tourbillon de flâmes & de
fumée.

Les augûres les plus favorables ſe trou-
verent réunis ; la joye brilla dans tous les
yeux, mais ſur-tout dans ceux de *Ganadoumouri*, qui perçant les voiles de l'avenir,
crut déjà poſſeder le fruit de ſon entrepriſe.

Enfin le jour arrivé, le jour choiſi entre les
plus heureux que puiſſe marquer la divine Aſ-
trologie, *Ganadoumouri* s'élance avec précipi-
tation ſur ſon Griffon, monture ordinaire des

Génies de la premiere claſſe ; il lui ordonne de le tranſporter entre le quatriéme & cinquiéme Ciel, & de ſuivre les traces que *Gaſmeſer* lui décrivoit.

Le Génie Miniſtre prend en main les rênes du Griffon ; il lui fait prendre la route des Provinces - Unies dont les peuples, ſous un extérieur ſimple, ou même groſſier, ont la ſecrette induſtrie de s'enrichir aux dépens de toutes les nations qui couvrent l'Univers.

Les vents ſubordonnés à *Ganadoumouri* par la vîteſſe avec laquelle ils le portoient dans les airs, ſembloient s'intereſſer à ſa gloire.

Mais qui pourroit exprimer l'eſpace leger de tems qui comprit le départ & l'arrivée des Génies dans ces laborieuſes Provinces.

L'ame d'un Publicain que la mort vient ſaiſir, eſt moins prompte à deſcendre dans le Tartare. Les émotions qui agitent le cœur d'un petit Maître à l'aſpect d'une de ſes égales, ont moins de vivacité.

Déja *Gaſmeſer* & *Téſicuriola*, qui devançoient *Ganadoumouri*, planoient au deſſus de la ſuperbe Amſterdam.

Ganadoumouri vit avec plaiſir qu'il n'y avoit point de peuples ſur la terre où on lui dreſſât un plus grand nombre d'autels que dans cette Contrée.

Du haut d'un édifice qui dominoit ſur toute la Ville, il contempla à loiſir ces peuples

A iiij

laborieux épuifant leur induftrie ıà conferver leurs tréfors & à en amaffer de nouveaux.

· Ce que les Naturaliftes nous racontent de l'admirable activité des Fourmis ou des Caf-tórs qui fe bâtiffent des demeures dans les eaux, n'eft en rien comparable à la diligence de ces Peuples.

· Là il voyoit traîner des chariots chargés d'or & d'argent ; ici gémiffoient les hommes & les animaux fous le poids des étoffes les plus précieufes. Plus loin paroiffoit un épais Banquier qui d'une main endurcie à force de manier l'or, faifoit un payement de cette ri-che monnoye qu'un tirannique efcompte fer-tilifoit en peu de tems. On eût dit que le Pac-tole, ce Fleuve qui roule l'or & l'argent dans fes ondes, s'étoit éloigné de fon lit pour ve-nir arrofer ces Provinces fortunées.

Ganadoumouri n'y apperçut point de ces mor-tels fainéans qui, tels que le Frelon, s'emparent d'un miel qu'ils n'ont point compofé; de ces hommes lâches & pareffeux, qui regardant la nature comme une efclave qui leur eft fubor-donnée, dédaignent même de lui demander leurs befoins, & dont la vie reffemble à une mort.

· Chaque habitant s'empreffoit à l'envi l'un de l'autre à s'enrichir. On peut dire qu'il y avoit entre eux à cet égard un défi continuel. Le travail honoroit même ceux qui étoient revêtus des plus hautes dignités.

Saifis d'admiration, mais fans perdre de vûe l'objet principal de leur voyage, ces trois génies toujours invifibles defcendirent dans cette opulente Cité.

Ils apperçurent bientôt le lieu où le monftre étoit donné en fpectacle. Un nombre infini de perfonnes s'y rendoit de toutes parts. Les Génies pénétrerent dans l'affemblée, & enleverent le Rhinoceros de l'enceinte où il étoit renfermé. Ils le placerent fur le dos du Griffon qui fe perdit à la vûe des fpectateurs dans l'immenfité des airs. L'enlevement d'Orithie, ceux de Proferpine, & de l'adultere Hélene, cauferent moins d'étonnement & d'alarmes.

Les Génies munis de leur proye, dirigent auffitôt leur vol vers les contrées de la France. C'eft un véritable pays de Génies & de Fées ; le merveilleux y eft adoré. Tout ce qui porte un caractere de fingularité, a des droits certains fur l'admiration de fes peuples.

FIN DU PREMIER CHANT.

CHANT II.

AUSSI prompts que la penſée qui fait leur nature, les Génies partis arriverent dans les fertiles contrées de la France.

Ils apperçoivent bientôt cette Ville immenſe, cette Reine des arts, du goût & des talens, qui s'éleve autant audeſſus des autres villes du monde, qu'une beauté aguérie, l'ornement de ſes murs, porte ſa tête altiére audeſſus de l'humble & timide Provinciale.

La joye de *Ganadoumouri* étoit au comble; il voyoit s'aprocher le terme de ſes déſirs; il prodiguoit à *Gaſmeſer*, auteur du projet & du ſuccès, le titre d'ami, titre ſéduiſant, & auſſi vain que tous ceux dont les hommes repaiſſent leur folie. C'eſt *Ganadoumouri* qui le premier donna cours à cette monnoye trompeuſe; c'eſt de lui que les grands apprirent à nommer amis les gens qui ſçavent préter & obliger. Il leur apprit à n'être point avares de ces diſtinctions affectueuſes, de ces volatils épanchemens de cœur qui ne ſignifient que le beſoin que l'on a de ceux avec qui on les affecte.

Déja, les Génies voloient audeſſus de ce magnifique jardin que la Seine admire en paſſant, & où l'art marie ſi adroitement ſes chefs - d'œuvres à ceux de la nature.

Quelqu'empreſſement qu'euſſent les Génies de briller ſur un autre Théâtre, *Téſicuricola* ne put s'empêcher de promener ſa vûe ſur toutes les beautés qui ſe prêtent mutuellement des graces dans cet aimable lieu.

Des eaux jailliſſantes , des partères ſimétriſés , des peſpectives où la vûe s'égare & ſe perd dans le lointain ; des ombrages où l'on reſpire le frais & la volupté ; ces marbres ſurtout divinement taillés à qui la main des *Phidias* modernes a donné le ſentiment , & qui le prouvent ſi bien en ſe rendant les habitans éternels de ce beau ſéjour. Tous ces objets merveilleux appelloient & retenoient également les yeux de ce curieux Génie.

Mais ce qui excita davantage ſon admiration , ce fut une brillante multitude d'hommes & de femmes galamment vêtus qui ſe promenoient au milieu de ces beautés variées , comme pour faire aſſaut de coloris & d'éclat avec elles.

Quel peuple ! s'écria-t'il , quels lieux enchanteurs que ceux qu'il habite ! Ce ne peut être que l'induſtrieux Génie qui éleva en un clein d'œil le ſuperbe Palais d'Armide , qui ſoit l'auteur de ces prodiges.

Ce Jardin , lui dit *Gaſmeſer* , inſtruit de la carte du Pays , ce Jardin doit ſes beautés à l'auguſte magnificence des Rois de cette Contrée.

L'intention des Souverains qui l'ont com-
mencé, & de ceux qui l'ont achevé & embelli, n'a point été de le consacrer à leur unique plaisir; peres de leurs peuples, ils ont voulu qu'il en partageât avec eux l'agrément; mais
rarement les voit-on à présent embellir de
leur présence ces délicieux Jardins qui ne le
céderoient en rien à ceux de Versailles leur
auguste séjour, si ces grands Monarques dai-
gnoient se montrer alternativement à ces deux
rivaux.

Une partie de ceux que vous voyez dans
ces Jardins, s'y rendent pour y jouir des charmes de la promenade, & de la douce exha-
laison des fleurs; mais les femmes & les petits-maîtres y viennent conduits par la vanité.
Ils y sont à la fois spectateurs & spectacle;
ils y mandient des regards & de l'admiration,
mais ils n'obtiennent que des regards, & s'admirent eux-mêmes.

— Des petits-maîtres, interrompit *Tésicuriola*,
quels sont ces animaux?

— Les petits-maîtres, dit *Gasmeser*, sont un
genre d'êtres *mitoyens* entre l'homme & la femme; de l'homme, ils n'en ont que la marque
distinctive souvent assez imparfaite; à tous autres
égards, ce sont des singes du sexe charmant. Mauvaise santé, mollesse, minauderie,
fureur pour le nouveau goût, singularité dans
les habits & dans les expressions, difficulté
à articuler, étourderies d'apprêt, démarche

voluptueufe, rien n'eſt à eux, ils doivent tou
à ce ſexe prothée.

Quoi ! dit *Téſicuriola*, les femmes ſouffrent
cette uſurpation ! aſſurément, répondit *Gaſmeſer*, elles font plus, elles l'exigent; leurs
faveurs font à ce prix; pluſieurs d'entre elles
rougiroient de l'hommage d'un homme, quelque avantage que ſon extérieur leur promît
pour le miſtere, ſi ſon habit n'étoit de mode,
en un mot, ſi toute ſa perſonne n'étoit ran-
gée ſous les loix de la bonne grace. On veut
maintenant que l'amour ſoit du ton des *Gens
comme il faut*. Il eſt rebuté, s'il entre dans l'a-
ſile des plaiſirs les cheveux épars, & l'air
négligé; il n'y eſt point admis, s'il n'a les airs
du jour.

Mais, demanda *Téſicuriola*, pourriez-vous
me faire remarquer parmi cette foule un de
ces êtres aimables que vous nommés *Petits-
Maîtres* ! votre complaiſance me ſera pré-
cieuſe.

S'il plaît au ſouverain Génie, répondit *Gaſmeſer*, je vous ferai diſtinguer dans cette multitude bien d'autres originaux dont les carac-
teres & les avantures me ſont auſſi connus
que les vertus du grand *Ganadoumouri*.

Ganadoumouri qui, comme tous les Grands,
n'étoit point à l'épreuve de l'éloge même le plus
groſſier, fit ſentir à *Gaſmeſer* que ſon diſcours lui
avoit plû, & s'étant tranſporté avec ſes deux Mi-

niftres au deffus de la grande allée où le coup d'œil étoit le plus brillant , il ordonna au Griffon qui portoit le monftre de fufpendre fon vol.

Auffi-tôt *Gafmefer* montrant à *Téficuriola* un de ces *hommes-femelles* dont il lui avoit defigné les principaux traits , *Téficuriola* n'eut pas de peine à le reconnoître pour un parfait petit-maître. Quel éclat de rire ne fit-il pas , quand fes yeux eurent rapidement analifé toute fa petite exiftence ? Il étoit d'une taille médiocre , mais bien prife ; tout en lui , jufqu'à fon chapeau jouoit un rôle ; comme il eft de bon air d'avoit mauvaife vûe , fa main potelée qui exhaloit encore l'amande , étoit armée d'une lunette qu'il avoit foin de braquer contre tous les objets qui le frappoient. Sa jambe étoit couverte d'un bas *couleur de chair* , fes cheveux & fon habit étoient du dernier bon goût ; fes pas , fes geftes étoient l'ouvrage de la reflexion.

Voilà , dit *Gafmefer* , le Marquis de . . . . il fervoit ci-devant dans le Regiment de . . . il a quitté le fervice , parce qu'il ne s'accommodoit pas du train militaire. On s'y perdoit la jambe à monter à cheval. Le teint devenoit du *dernier hideux* ; fouvent le Baigneur n'avoit point achevé de bâtir une aîle de fes cheveux qu'il falloit aller livrer bataille ; on *étoit à faire horreur.* Le Marquis n'a pû y tenir ; il a remercié ; il est revenu jouir & vivre à Paris.

Vous le voyez minaudant avec la Comtesse de . . . . femme éternelle & peu fortunée, à qui le Marquis voudroit escroquer une niéce aimable que la bonne tante a jusqu'à présent réservée pour lui ou pour le Baron de . . mais le Baron vient de financer dix mille écus.

Que me dites-vous, s'écria *Tesicuriola*, on avoit donc tort de croire que l'amour étoit au prix des soins & des purs hommages. Les femmes se vendent donc elles-mêmes en ces contrées ?

Les femmes s'ajugent comme des fermes, reprit *Gasmeser*, vous ne l'ignoreriez pas longtems si vous deveniez habitant de Paris. Les promenades sont comme des bourses publiques ou les Négotians sont convenus de s'assembler ; les affaires d'amour s'y traitent sur le pied d'afaires d'intérét ; le commerce de tense n'est plus simplement qu'un commerce.

Il faisoit rapidement ces réflexions lorsqu'il jetta les yeux sur un original d'une autre espece qui jouoit *le Medor* au milieu de deux femmes vêtues de bon goût, avec lesquelles le personnage paroissoit assez familier.

Vous voyez, dit-il, à *Tesicuriola*

Un Mortel, un heureux Mortel,
A l'œil tendre, aux levres vermeilles,

> Dont l'embonpoint vif, éternel,
> N'annonce point qu'en doctes veilles,
> Il ait consumé son printems,
> Mais qu'il coule de doux instans
> Aux festins & dans les ruelles ;
> Entre le vin, le jeu, les belles,
> Et la Musique & les Romans.

Eh bien ! Quel est cet homme, demanda avidement *Tésicuriola*.

Un A . . . répondit *Gasmeser*, autre espece d'êtres aussi bizarres que le petit-maître. Un A . . . est une heureuse créature choisie pour dévorer privativement à toutes les autres, trois ou quatre B . . . dont il partage voluptueusement les fruits avec les *petites-Maîtresses* & quelques éleves de Bachus. C'est pour le mieux définir.

> Un être sémillant, volage,
> Une femelette en Ra . .
> Ayant des vapeurs par usage,
> Et digérant mal par état.
> L'Orateur né du *persiflage*;
> Une soubrette en Manteau C . .
> Ministre élegant de toilette,
> Et dont la science est complette,
> S'il sçait la *nouvelle du jour*,
> S'il entend à conter fleurette,
> En plaçant la mouche & l'aigrette ;
> Armes puissantes de l'amour.

L'autre A . . . que nous voyons à dix pas de là, est peut-être moins insuportable qu'il ne
l'étoit

l'étoit dans le printems de son âge. Il n'a plus qu'une partie des aimables défauts à la mode ; mais il n'en est que plus ridicule dans le monde, car il faut les avoir tous ou n'en avoir aucun. L'homme de la *veille* est *maussade*, l'homme du *jour* est *adorable*, l'homme du *lendemain* est *absurde*.

Notre A . . . . . hausse méthodiquement une épaule, se mord les levres, regarde *en dessous* une femme qu'il a connue avec un soûrire d'une fausse malignité ; eh bien ! Toutes ces minauderies ne font rien en comparaison de celles qu'il affectoit avant que l'âge eût fletri ses roses. C'étoient des espiégleries continuelles, *des airs à lui*, des jeux de prunelles, des attitudes les plus propres à faire la fortune d'un fat. Il se nomme l'A . . . de . . . il a pour 60000 liv. de B . . . depuis vingt-ans qu'il en est revêtu, il doit à son Receveur six années d'avance, mais s'il ne trouve pas dans son revenu de quoi se satisfaire, il le trouve dans la bourse d'autrui. C'est l'homme le plus respectable par le nombre de ses dettes, son nom figure dans toutes les banques.

Les deux femmes au milieu desquelles se trouve l'A . . . font la P . . . & la . . . . . . leurs cheveux nattés & mêlés de fleurs, leurs mantes jonquilles les affichent. Elles parodient les femmes du *bel air*. Le commerce des hommes les a dégrossies. Ce sont des meubles de *Petites-maisons*.   B

Gafmefer apprit enfuite à *Téficuriola* ce que c'étoit qu'une *petite maifon* ; c'eft, dit-il, un réduit galamment orné ; chaifes longues, Bergeres fans nombre, rideaux propres à faire un demi jour, peintures capables de donner des idées par leur fingularité, c'eft ce qu'on y voit. On y conduit tour à tour une Laïs & une Maîtreffe. On s'imagine y avoir du plaifir, & heureufement cela fuffit ; car on s'y ennuie autant & plus qu'ailleurs ; c'eft également le deftin des parties prévûes, des *petits-foupers*, & de la plû-part des *divins* amufemens, dont on parle dans le monde avec extafe.

Les trois perfonnes que vous voyez enfemble, continua *Gafmefer*, font le Marquis de . . . . le Chevalier de . . . . . . & Monfieur . . . . . .

La Marquife poffede dé gros biens & béaucoup d'années ; elle eft l'amante du Chevalier dont *exactement* elle pourroit être la Bifayeule.

Le Chevalier a pour richeffe de fon côté une *elegance* de taille, une amenité dans l'efprit, & d'autres talens de plus grand poids qui lui ont attiré les yeux de l'éternelle Marquife ; elle en eft venue au point de folie de contracter un mariage fecret avec le beau Pupile, & lui a fait une donation confiderable. Par reconnoiffance il lui rapelle les idées d'un plaifir que tous les âges adorent, mais il a craint que les charges attachées à sa qualité de mari ne duraffent trop long-tems, & la conduite qu'il tient à cette occafion ne fauroit lui être reprochée ; il procure à sa tendre amante des amufemens de tous les genres, & tels, qu'il faudroit un temperamment tout neuf pour réfifter à tant de fatigues. La table, les veilles, les vins délicieux, les liqueurs en abondance, c'eft le régime que le beau Cephale a fait prendre à sa charmante aurore. Elle eft charmée de tous les foins qu'il prend pour elle ; elle y trouve des preuves inconteftables d'amour ; il eft vrai que la fanté octogénaire en fouffre continuellement des diminutions, mais fon dernier foupir appartiendra à la volupté, Venus lui fermera la paupiere, le Chevalier la conduit chez les morts par des routes fleuries. Quelle fin ! & qu'elle eft à envier !

Celui qui marche à côté d'eux qui a le maintien difcret, & le corps maigre, eft un Poëte ; Le Chevalier l'a affocié à fes plaifirs pour amufer de fon bel efprit la Marquife ; le Poëte bénit une folie qui le fait vivre ; il trouve à la table du Chevalier ce qu'il ne trouveroit pas dans la cuifine des mufes.

Ce vieillard, dit *Gafmefer* en pourfuivant, qu'une énorme perruque cache en partie, eft un médecin efpece d'hommes deftinés à conferver les autres, & qui s'employent à les détruire ; les rides fur le front de celui-cy ont gravé fes meurtres.　　　　B ij

L'art des gens de sa sorte est un art sans rè-
gle fondé sur des conjectures & des expé-
riences qui se détruisent mutuellement. Le
foible que les hommes ont pour la vie est l'é-
ternel soutien des médecins ; heureux les arts
qui sont appuyés sur des erreurs, & sur des
préjugés.

Cet autre qui se promene seul en faisant
un calcul par ses doigts & dont l'épaisse ron-
deur est tapissée d'un vêtement superbe est un
financier ; son caractere, ses intrigues le firent
d'abord parvenir à l'employ de simple Com-
mis ; une dureté inflexible l'éleva dans la suite
à des postes plus brillans ; digne par son adresse
de toutes les faveurs de la fortune, il a obte-
nu le précieux *Rameau d'or* qu'elle propose à
tous ceux qui courent la même carriére.

Gasineser fit encore remarquer à *Tésicuriola*
deux Bourgeoises jouant les femmes de qualité, & capables de rendre la qualité ridicule.

Il lui montra une Provinciale qui se promenoit avec la jeune Marquise de.... quelles
disparités dans les manieres ! Là un air guin-
dé, un mélange bizarre de grossiereté & de
fausses élégances ; ici des airs de Cour, ces
façons aisées qui ressemblent presque aux graces, les expressions épurées, & qui ne pa-
roissent jamais sur les levres qu'embellies des
fleurs les plus nouvelles.

Jettés encore, lui dit-il, les yeux sur ces

deux femmes qui conversent ensemble avec complaisance, & qui seroient assez aimables, si elles ne vouloient pas qu'on le sçut; vous pourriez croire que leur conversation a quelque chose d'interessant ; désabusez-vous, une répetition de quelques expressions, forme le jargon borné de leur societé.

Quel air gauche ! Quelles façons maussades ! Cela est hideux ! On n'y peut plus tenir; la promenade est du dernier peuple; le bourgeois vous assomme; où donc iront les gens comme il faut ? Dieux ! retirons nous Madame, oh ! assurément, volontiers, car je crains déja les vapeurs.

Les deux Génies arrêterent la vue sur deux femmes superbement vêtues, dont l'œil enfoncé, & le front sillonné déceloient l'antiquité.

Vous voyés, dit *Gasmeser*, des femmes qui ne tiennent plus à ce monde que par les dégoûts qu'elles y éprouvent; il faut réellement qu'elles en soient bien mécontentes; elles ne cessent d'en dire du mal; elles s'attachent surtout à déchirer des réputations, à divulguer des intrigues, à imaginer des motifs secrets, à corrompre les meilleures actions, & à empoisonner les plus indifferentes; à entendre leur morale severe, on croiroit que c'étoient autrefois des démons de vertu; elles ont été le mépris de leur siécle; elles en font maintenant l'horreur.

B iij

Teſicuriola plaignit ces femmes, & *Gaſme-ſer* l'alloit interreſſer par de nouveaux objets, lorſque *Ganadoumouri*, qui, malgré le plaiſir qu'il avoit reſſenti aux récits de *Gaſmeſer*, et voya ſes deux miniſtres choiſir un lieu dans l'enceinte de la Ville où le prodigieux *Rhino-ceros* pût être expoſé dans tout ſon jour à la curioſité du Peuple.

FIN DU SECOND CHANT.

CHANT III.

LES Génies miniſtres obéïrent avec joye à l'ordre de leur Souverain.

Une troupe de Zéphirs habitans aimables du Jardin délicieux qu'ils venoient d'admirer s'empreſſerent à les ſervir dans leur courſe, & les porterent ſur leurs aîles, voiture plus commode encore que les voluptueux *vis-à-vis* de nos Seigneurs, ou que le char de triomphe d'un nouveau parvenu.

Quelle varieté d'objets ſinguliers va s'offrir à ma vue, diſoit *Teſticuriola*; je goute d'avance le malin plaiſir d'anatomiſer les ridicules de ces originaux.

Petits - maîtres, *petites - maîtreſſes*, abbés mondains, femmes galantes, femme du bel air, épais financiers, je vous verrai tous, je vous étudierai.

Arrêtés, dit Gaſmeſer, pour réuſſir dans les cercles où vous déſirés de vous introduire, il n'y a pas de plus mauvais moyen que l'imitation; ſachez que les grands ſuccès, les réputations brillantes, le reſpect, & la vénération même dépendent d'un ſeul point; ſoyez original; ne reſſemblés à perſonne ni par l'eſprit, ni par les airs, ni par les tons. Des li-

queurs tranfvafées perdent leur force ; des ridicules copiés perdent leur grace. Heureux
celui qui a pû mettre au jour une nouvelle
tournure d'expreffions, un jurement élégant ;
s'il a joint à cela l'invention d'une mode , ou
d'un ragoût , d'un jeu , ou d'une tabatiere ; fon
nom immortel eft porté par les Silphes de la
Nation audeffus des fpheres celeftes. Les idées
des bilboquets & des calottes de Momus ont
produit à leurs auteurs plus de gloire que la
Bouffole & l'Imprimerie n'en firent aux leurs.
Un couplet où un vaudeville le difpute en
célébrité aux plus fublimes ouvrages.

Si pourtant vous n'avez pas en vous ce feu
créateur fi néceffaire pour inventer & pour fe
rendre fingulier, je ne vois pas pour vous un
meilleur rôle à jouer que celui de petit-maître. Déja même il m'a paru que vous incli-
niez vers ce parti. J'ai entrevu dans votre caractere vif & curieux d'excellentes difpofitions
à y faire des progrès.

Une vive rougeur garant certain de l'impreffion qu'a fait fur nous quelque difcours ou
quelqu'objet frappant fe répandit fur le vifage de *Téficuriola.*

Il s'avouoit intérieurement qu'il ne réali-
feroit peut-être que trop promptement la conjecture de *Gafmefer.* Il ne pouvoit fe cacher
que lorfqu'il promenoit fes yeux fur un de
ces êtres aimables *qui s'identifient infenfible-*

ment avec la femme, leur caractere leger &
brillant l'avoit ébloui. Le premier coup d'œil
qu'il avoit porté fur les femmes, fur ces *divinités terreftres*, n'avoit été qu'un regard d'admiration. Mais bientôt un rayon de volupté
étoit venu éclairer fon cœur. Un tendre défir de plaire à ce fexe charmant lui fit penfer
qu'on ne pouvoit lui rendre un hommage plus
flateur d'imiter jufqu'à fes défauts ; l'art
du petit-maître lui parut alors moins un ridicule qu'une qualité effentielle pour être admis aux plaifirs d'une femme.

Téficuriola n'étoit point encore revenu du
trouble où l'avoit jetté la conjecture de fon
compagnon de voyage ; mais *Gafmefer* vit avec
une forte d'attendriffement un embarras dont
il étoit caufe ; bien different de ces hommes
peu faits pour la focieté, qui, lorfqu'ils dé-
couvrent un foible leger dans quelqu'un ont
la cruelle malignité de s'y tenir longtems at-
tachés, & de jouir du fuplice que l'amour-
propre bleffé fouffre dans ce cas.

Gafmefer enleva bientôt *Téficuriola* à fes
rêveries & détourna la converfation en ces
termes :

Nous voilà dans cette Ville floriffante, où
les Génies vos ayeux ont toujours exercé un
Souverain Empire.

Quelle immenfité de bâtimens ! quelle
fumptuofité d'édifices ! quel amas immenfe

de richeſſes ! les beautés dont ces lieux ſont parés ſemblent combattre pour la préférence ; l'ame indéciſe ne ſçait à laquelle donner le prix.

Ils avançoient toujours ſans être vus & *Téſicuriola* ne ſe laſſoit d'admirer.

Que vois-je , dit-il , une divinité ſur un trône ? Les perles de l'Orient & les diamans des Indes ornent ſa tête ſuperbe. Quels au-tels de marbre ſont élevés dans ſon Palais ? des miniſtres empreſſés y font des libations continuelles d'une liqueur bouillante , qui exhale un parfum délicieux ; les murs ſem-blent des ondes fixes où les figures ſe réflé-chiſſent & ſe multiplient.

Un nombre infini de mortels remplit ces lieux ; d'autres entourent les autels ; ſeroit-ce là des amans malheureux , qui viennent offrir des ſacrifices pour obtenir de la Déeſſe de ces lieux un heureux changement dans le cœur de leurs amantes.

Heureux celui que je vois à ſes côtés dans ſon divin ſanctuaire ! que ſon ſort doit être doux ! à voir le peu d'eſpace qu'il y a entre eux , on diroit qu'il recueille dans ſa bouche les mots divins qu'elle prononce. Que lui dit-il ? Que lui répond-t'elle ? Je croirois à l'air de complaiſance avec lequel elle lui ſoûrit , qu'il eſt de cette troupe d'amans le ſeul dont l'hommage ait été reçu ; ô deſtin ! Que ne fuis-je homme pour difputer à ce mortel un commerce auffi agréable !

Que l'imagination eft admirable, lui répondit Gafmefer en fouriant ; elle donne aux objets fouvent les plus fimples un air de grandeur & de prodige qui éblouit. Laiffez l'illufion aux hommes, elle leur eft néceffaire ; l'erreur eft leur partage ; un Génie tel que vous doit tout apprécier juftement.

Ce que vous nommés temple ou Palais eft quelque chofe de bien inférieur.

De ces hommes que vous y voyez, les uns y font conduits par les befoins que le luxe fait naître ; ils y viennent chercher un fuperflu dont l'habitude leur a fait une néceffité.

Les autres (& c'eft le plus grand nombre) font des oififs du tems dont cette ville eft remplie ; l'ennuy les précede & les accompagne fidelement ; il fe fait fentir à tous ceux qui les aprochent, & s'acroît pour eux, lors même qu'ils le partagent.

Ces hommes ennuyeux & ennuyez s'érigent en réformateurs du miniftere, & prennent en main les rennes du Royaume ; d'autres fe mettent à la tête des armées, battent l'ennemi, attaquent des places, prennent des villes & reviennent triomphans fans quitter le fiége où ils font affis ; c'eft l'employ dont fe chargent ordinairement les vieillards.

Les jeunes gens qui avec plus de vivacité

que leurs anciens, ont quelquefois encore moins de Jugement décident *fans apel* du mérite de certains ouvrages d'efprit. Vous penfez bien que le bon fens préfide peu à ces affemblées tumultueufes; un fot acquiert en entrant le privilége d'en interrompre un autre; l'efprit de contradiction, d'aigreur, & de confufion donne le fignal, & anime les difcoureurs. Le *perfiflage*, les faux jugemens, les paradoxes, & les paralogifmes fe croifent dans ce combat, s'entre-choquent & tombent par terre fans le moindre effet.

Cette femme dont vous vous faifiez à l'inftant une fi haute idée eft la maîtreffe du caffé; elle foûrit indifferemment à tous ceux qui fe préfentent à elle; elle y a formé fa phifionomie, comme un dur financier s'en compofe une pour le tapis verd, ou comme un illuminé s'en fabrique une pour les cérémonies publiques; car vous fçaurez qu'il y a autant de phifionomies que de charges, d'emplois & d'états.

Le jeune homme qui converfe avec cette femme, eft un de ces *faux lettrés* qui refufcitent dans les Journaux les bouquets & les élégies de ces courtiers du *bas Helicon* qui vous donnent *miftérieufement* les vers du jour.

Gafmefer ceffa de parler, & fit remarquer à *Téficuriola* un édifice qui faifoit face à celui qu'ils venoient de quitter.

Téficuriola aprit que c'étoit dans ces lieux où le peuple Français se rassembloit pour voir jouer ses ridicules par des hommes qui se proposent de corriger en amusant.

Ces hommes, demanda *Téficuriola*, ne sont-ils pas considérés dans la société ?

Aucontraire, répondit *Gafmefer*, ils sont déclarés infames par les Loix. On n'en sçauroit donner de raison, si ce n'est un motif de vengeance. Ceux dont on peint les vices & les imperfections se voyent continuellement flétris en public & flétrissent à leur tour autant qu'ils peuvent les ennemis de leurs penchans.

Gafmefer qui ne perdoit point de vue l'ordre suprême du souverain Génie conduisit *Téficuriola* dans le lieu le plus propre à donner le *Rhinoceros* en spectacle.

Une multitude de personnes de tout âge & de tout sexe y entroit tumultueusement. Mille voix confuses & les sons d'une infinité d'instrumens de toute espece se répandoient audehors de l'édifice.

C'est ici, dit *Gafmefer*, le lieu charmant où se renouvellent chaque année, des jeux, des danses bouffonnes & mille récréations ingénieuses.

Momus & la Folie, dieux tutelaires de cette ville sont les ordonnateurs des fêtes qui s'y donnent ; ils sont en possession d'y attirer la

foule toujours renaiſſante des *badauts* avides
d'amuſemens & de nouveautés.

Tout ce que les deux mondes produiſent
de rare s'y trouve raſſemblé ſous un point de
vue enchanteur ; le Génie du Luxe y a une
infinité de Palais brillans.

On voit ſe promener ſous les differens portiques de cet édifice *ces Belles* de commerce
facile & dangereux dont l'eſpece eſt plus éten-
due que l'on ne croit.

Ce n'eſt pas à la nudité de la gorge & des
épaules, à l'indécence du maintien, à la ſingularité de la parure que l'on peut reconnoître
une *Nimphe d'Amathonte*. De pareils ſignes
ſont devenus trop équivoques depuis la cor-
ruption générale des mœurs. Il y a un manege
toujours égal , des loix conſtamment obſer-
vées par les *Circés modernes*. Elles ſont accom-
pagnées d'une *Fée douairiere* , qui par un coup
d'œil ou quelque autre geſte expreſſif attire
ſur leurs pas des jeunes voluptueux ou des riches vieillards : ils y accourent comme on voit
des inſectes ailés & imprudens ſe jetter dans
les filets de l'induſtrieuſe *Arachné* , ou ſe bruler
aux flambeaux dont l'éclat les a ſéduits. Cette
ſorte de chaſſe des *amazonnes Citheriennes* a
tant d'attraits & procure tant de plaiſirs qu'on
a vu des femmes conſidérables par leur naiſſance & par l'état de leurs maris s'en faire un
amuſement particulier.

Sur la fin des beaux jours, quand le cre-

pufcule eft long & favorife par fon ombre legere les entreprifes amoureufes ; on a vu ces
matrônes fi fages, fi refpectables ailleurs , s'é-
gayer dans une contre-allée ou dans les voyes
publiques à pourfuivre des bonnes fortunes ,
prendre les airs & le langage des plus zélées
Prêtreffes de Venus.

Le véritable amour n'y perd point pour cela de fes droits.

Le defir pardonnable de fe montrer quand
on a lieu d'attirer les regards , amene ici une
troupe aimable de jeunes filles , richeffe commune dans les maifons obfcures où fe culti-
vent les cœurs. Leur condition ne leur per-
met pas d'être répandues dans ces focietés
brillantes , où l'efprit , la politeffe & la belle
dépenfe tiennent lieu de mœurs. Leur cœur
y gagne ; il conferve cette fleur d'innocence
qui ne les rend que plus aimables ; mais l'innocence n'eft fouvent qu'une foible gardien-
ne des cœurs ; l'amour-propre qui y veille
toujours & le defir de la parure conduifent
fouvent une novice en amour à prononcer des
vœux. On en a vu céder pour un de ces inf-
trumens legers compofés des plumes des Zéphirs ; un *Pantin* donné de bonne grace a
plufieurs fois applani la route des faveurs.

Un Pantin, pourfuivit *Gafmefer*, eft un de ces
chefs-d'œuvres que le Génie Français fatigué
d'enfanter des prodiges , s'eft délaffé à compofer il y a quelques années.

Téſicuriola aprit enſuite qu'il y avoit eu des *Pantins Magiſtrats* , *des Pantins Abés* , *Pan-tins Petits-Maîtres* , *Pantines femmes de qua-lié* , qu'on n'étoit point à la mode, ſi on n'a-voit des *Pantins.*

Qu'un homme à *bonne fortune* s'étoit ruiné à entretenir chez lui quarante ouvriers qui le jour & la nuit s'occupoient à former de ces figures mouvantes.

Que des M. de la même main qu'ils avoient compilé d'immenſes volumes s'étoient fait une occupation ſérieuſe de ces ſortes d'ou-vrages.

Qu'une Dame avoit vendu preſque toute ſa garde-robe pour avoir dans ſon cabinet de toilette cinquante Pantins des plus brillans , & qu'enfin la vogue extraordinaire des Pan-tins venant à diminuer dans la Capitale , les Provinciaux leur avoient offert une retraite honorable chez eux où leur regne s'étoit peu à peu éclipſé.

Téſicuriola apprécia comme il le devoit le badinage de *Gaſmeſer*; ſi , lui dit-il on amuſe le Français avec des figures inanimées qu'u-ne méchanique bornée fait danſer à leurs yeux , avec quel plus grand plaiſir ne verra-t'il pas le prodigieux animal que nous allons préſenter à ſa vue.

Ce peuple, répondit *Gaſmeſer* , a un génie toujours extrême dans ce qu'il conçoit. Quand

il

il s'attache aux petites chofes ; fes yeux reffemblent à ces verres magiques qui groffifent
les objets. Ce qui lui plaît , lui paraît toujours grand. Si le *Rhinoceros* eut paru pendant le regne de ces petits ouvrages , enfans
de la folie , il n'y a prefque aucun de ces
peuples qui n'eût mieux aimé faire l'acquifi-
tion d'un Pantin que d'aller admirer le *Rhi-*
noceros.

Mais ce n'eft-là qu'une legere efquiffe du
goût bizarre de cette Nation ; votre féjour
dans ces contrées vous lui fera reconnaître
bien d'autres ridicules.

Tenons-nous en à remarquer un lieu commode à nos deffeins ; celui que j'aper-
çois au fond de cet édifice , me paraît affez
convenable ; il n'eft point encore habité. Volons annoncer au fuprême Génie nos dé-
couvertes.

Gafmefer n'en dit pas davantage ; ces deux
Génies dirigerent leur vol vers l'endroit où
ils avoient laiffé *Ganadoumouri.*

FIN DU TROISIE'ME CHANT.

CHANT IV.

LE Génie Roi vit avec joie le retour de ses Miniſtres. Il apprit avec tranſport la découverte d'un lieu où le ſpectacle du Rhinoceros attireroit tous les yeux. La nomination à une riche Abbaye ne rejouit point tant un Abbé de Cour ; la nouvelle d'une augmentation de produits ne frappe pas plus agréablement un avide Sou-fermier.

Volons, leur dit-il ; la nuit ſemble retarder ſes ombres pour favoriſer notre courſe, cher *Gaſmeſer*, dirige mon Griffon vers cet endroit que ton adroite prévoyance a marqué pour ſervir de théâtre à ma gloire.

Il dit, & le monſtre porté par le Griffon s'éleve au deſſus de l'édifice où étoient raſſemblés tous les prodiges de l'art & de la nature. Les trois Génies l'eurent bien-tôt atteint. Alors *Ganadoumouri* renvoya ſon Griffon dans la caverne où il le tenoit enchaîné.

C'eſt dans cette caverne que ſe trouvent toujours aux ordres des Magiciens & des Fées, les Hippocentaures, les Dragons, les Serpens à ſonnettes, les Tortuës aîlées, & tous les Chars dont les Romanciers ont beſoin.

C'eſt là que les Poëtes liriques vont chercher tous les vols & les machines furprenantes qui donnent à nos Operas cette réalité trompeufe qui fait tout leur mérite.

C'eſt là que l'Auteur de Semiramis, Grand-homme d'ailleurs & Poëte fublime, prit des foudres imaginaires, des Phantômes effrayans, des Caſfettes magiques, des couteaux de facrifice, & tous ces traits merveilleux qu'un de ſes confreres a depuis raſſemblés dans un ingénieux Vaudeville.

C'eſt encore là que *la Fée Clincantine* qui préfide à la Sçène Françaiſe, tient ouvert le nouveau tréfor dramatique, où les Poëtes tragiques nouvellement éclos viennent puifer ces penfées *coloſſales*, intelligiblement fublimes, ces traits *brillantés*, où la juſteſſe n'a jamais préfidé.

Les Génies, Miniſtres envelopés d'un obfcur nuage, defcendirent le monſtre fur leurs aîles dans un endroit de l'édifice qui n'étoit point encore habité.

Le fouverain Génie fuivit leurs traces, & fe vit enfin au comble de fes défirs.

On entoura l'endroit où le monſtre étoit placé d'une baluſtrade, par deſſus laquelle on pût le confidérer.

Gaſmeſer chargé d'en faire remarquer les particularités aux curieux, s'approcha de lui, le flata, & n'eut pas de peine à lui rendre fon ton de voix familier. Le Monſtre fe prêtoit docilement à toutes les postures que le Génie lui faisoit prendre.

Il exécutoit tous les mouvemens que lui permettoit sa grosseur. Ainsi nous voyons un habitant du Limousin ou des Provinces les plus septentrionales de la France, se laisser conduire par quelque adroit *Sbrigani* qui se charge généreusement de le former aux usages de Paris.

Bientôt les trois Génies confererent ensemble sur les moyens d'annoncer l'arrivée du Monstre.

L'avis de *Gasmesir* fût, qu'avant tout ils prendroient des figures humaines, & que le souverain Génie paroîtroit sous un habit étranger.

C'est, dit-il à *Ganadoumouri*, un des plus sûrs moyens de se faire admirer. A Paris, un étranger a droit d'être vû, examiné & consideré, s'il a entouré sa tête de quelques aulnes de mousseline; si une robbe traînante couvre ses pieds, ou s'il a le corps emprisonné dans un pourpoint à petites manches. Une barbe de Pantalon donne à celui qui la porte, un merite qu'on ne sauroit définir.

Ingenieux *Thomas*! vous fûtes tirer parti de cette passion des Français pour le singulier & le nouveau, quand il vous vint dans l'esprit d'ombrager votre belle tête d'un panache monstrueux; quand vous fites attacher à votre habit des boutons énormes ; fourré en Eté comme un habitant de la Norvége : plus legerement vêtu en Hyver qu'un Cadet de la Garonne ; en bas verds, en fouliers blancs, on vous a vû triompher fur *le Pont-neuf*, affis majeftueufement dans un Char attelé de Chiens. Là vous avez donné des Loix à une partie du peuple qui defcend de la Savoye. Là vous avez exigé, à titre de péage ou de tribut, l'admiration des différens Citoyens que la Seine divife.

Qu'un tel exemple vous détermine, ô fuprême Génie ; prenez la taille & les traits de ce fameux *Douwremont Wanderméer*, qui s'eft le premier rendu Maître du Rhinoceros, & à qui nous l'enlevâmes dans les Provinces-Unies. Pour nous prenons des habits Français, & en adoptons le langage.

Ganadoumouri applaudit au confeil de fon Miniftre ; il ne fût plus queftion que des moyens de le fuivre.

Gafmefer favoit qu'il y avoit dans Paris des magafins publics, où l'on donne à prix d'argent des habits de toute efpéce. Il n'ignoroit pas que le plus vil faquin s'y transformoit, d'un inftant à l'autre en homme confidérable. On y délivre, avec un vêtement fuperbe, de l'amour, du refpeft & du crédit ; car ces avantages tiennent aux habits chez une nation qui accorde tout aux dehors brillans.

Il en fit part à *Ganadoumouri* qui lui commanda d'aller enlever trois habits dans un de ces endroits. *Gafmefer* obéit auffi-tôt, & prenant un vol rapide, il parvint bientôt à *ces obfcurs portiques*, qui reffemblent dans le lointain aux cavernes fombres des vieilles Sibilles. Le jour femble avoir horreur de pénétrer dans ces lieux de ténébres.

Le Génie s'y enfonça, & parvint chez un Marchand ; dirai-je Marchand ou Brigand ? Celui-ci avoit l'art de rapetaffer de vieilles guipures, & les vendoit au même prix que l'étoffe la mieux conditionnée.

Jamais l'infâme *Cacus* qui détourna & cacha dans fon antre les troupeaux du bon *Roi Evandre*, ne mérita plus de châtimens ; jamais ce *Fagotier* qu'on voit dans la Lune, fuivant les traditions populaires, n'y fût enlevé pour une mauvaife foi plus marquée.

Gafmefer toujours invifible fe faifit de trois habits qui lui parurent le plus à fa bienféance.

Celui de *Ganadoumouri* avoit appartenu à un Hollandais opulent, qu'une folle paffion pour une Laïs avoit réduit à la mifére ; elle avoit conçu ce deffein, & l'avoit exécuté avec promptitude & fans pitié ; l'infortuné Batave s'en étoit retourné dans fon pays, auffi pauvre que Bélifaire.

Les deux autres habits, quoique moins ri-

ches, étoient parés de ce clinquant que la vanité & la mode employent en mille & mille
figures.

Le Génie étoit prêt de se retirer, lorsqu'il
vit entrer dans le lieu où il se trouvoit, un
jeune homme & une jeune fille, ornés cha-
cun des graces de leur sexe. Le jeune homme avoit une taille des plus nobles, & des
traits qui lui auroient mérité, s'il eût été seul,
tous les regards du Génie. Mais la jeune
beauté qui l'accompagnoit les enleva tous. Il
est des charmes supérieurs aux éloges; les
descriptions ne peuvent les faire connoître.
Le cœur seul réussit à les bien louer, en leur
cédant.

> Sujets taillés pour l'amoureux manége,
> Grands yeux parlant un langage divin;
> Corps de Venus, bras & Gorge de neige,
> Pour vous louer on rimeroit envain.
> Vous mérités éloges d'autre sorte,
> Eloges vrais où l'ame se transporte;
> Discours sans suite, *extases*, doux soupirs;
> *Cris de l'amour*, quand il entre à main-forte,
> Dans le pays qu'habitent les plaisirs.

Amour! fournis-moi un beau modéle, &
que tes fléches me servent de pinceau; je te
promets de faire un tableau digne de tes regards.

Une vive rougeur éclatoit sur le visage de
la jeune Lucinde. Ainsi se présente l'épouse

C iiij

de *Thiton*, quand elle vient femer des rofes
fur la route du foleil.

Le Marchand que l'afpect de cette aimable
perfonne avoit d'abord intereffé, oublia pour
la premiere fois fa groffiereté naturelle, & com-
pofant fon ton de voix, il demanda aux deux
inconnus ce qu'ils fouhaitoient de lui.

Nous venons, répondit le jeune homme, chercher ici un fecours promt contre les malheurs
dont nous fommes menacés. L'amour qui m'at-
tache à Mademoifelle, arme nos parens contre nous. Nous leur avons propofé de nous
unir; ils nous refufent ce bonheur, fous le
prétexte frivole d'une méfalliance qu'ils craignent, & de l'inégalité des biens.

Cruels parens! difoit en lui-même ce Génie; l'amour n'étoit-il pas avant la fortune?
Fâibles mortels, qu'aveuglent mille préjugés,
vos Ayeux n'étoient riches que de leur propre cœur; ils ne connaiffoient d'autre intérêt
que celui de fe faire aimer, d'autre gloire, que
de contenter leurs défirs. Un jour viendra, &
il n'eft pas loin, où un grand Poëte, un homme infpiré tentera de ranimer ces précieux fentimens de la nature dans fes concitoyens. Malheureufe *Nanine* perfécuté par une Comteffe
arrogante, que tu feras verfer de larmes aux
fpectateurs! Pour être fûre de les attendrir, tu
prendras les traits de la belle *Gauffin*; tous
ceux qui te verront, fe mettront avec joye

à la place du Comte *d'Olban.*

On nous avoit féparés, pourfuivit Léandre; on avoit déjà renfermé ma chere Maîtreſſe dans un Couvent. Je viens de l'enlever; je veux fuir avec elle; pour nous dérober à des pourfuites rigoureuſes, je l'ai déterminée à ſe traveſtir en homme. Les momens ſont précieux; cherchez promptement, je vous en conjure, un habit qui puiſſe aller à ſa taille.

À ce diſcours le Marchand, quoique déjà glacé par les ans, s'empreſſe à fatisfaire le beau couple. Sa démarche tremblante devient plus agile; il auroit donné le vêtement complet pour être temoin du déshabillé de la belle. Que de beautés dont ſa lubrique vûe auroit avidement faifi le détail! quel charme pour lui de faire prendre la bonne grace à un habit, ſur un corps qui étoit le ſéjour des graces mêmes! Ici, pour avoir le bonheur de toucher un bras charmant & parfait, ç'auroit été une manche rébelle, à qui il auroit fallu faire prendre un meilleur pli. Là, pour contempler une gorge dont la blancheur éblouit, & dont l'élaſticité ravit & tranſporte, ç'auroit été une veſte à ouvrir pour la mieux faire joindre. Que d'attraits ſe feroient échapés dont il eût fait le charment examen!

On l'a dit bien à propos. La nature ne perd jamais ſes droits. L'amour qu'on nous peint comme un enfant, eſt pourtant de tous les âges. Quand nous fommes parvenus à ce période de la vie, où les refforts de notre machine n'ont plus de jeu, la flâme fubtile qui nous anime, fe retire-peu-à-peu vers le cœur ; elle l'agite encore ; nos délirs nous furvivent ; telle étoit la fituation du vieillard à la préfence de Lucinde ; tels furent fes fouhaits. Mais ceux des vieillards méritent-ils d'être exaucés !

Lucinde demande une chambre particuliere pour s'y habiller ; elle l'obtient ; alors *Gafmefer* brûlant de la fuivre, prend la forme & les habits de la vieille époufe du Marchand, & il arrête en même tems cette femme par la force d'un charme dans un autre appartement. Le traveftiffement fût l'ouvrage de quelques minutes. La fauffe vieille conduit elle-même Lucinde à la chambre marquée & la déshabille.

Que d'attraits ne furent point expofés à la vivacité des regards du Génie ! & quel contrafte frapant entre ce qu'il voyoit & la forme qu'il venoit d'adopter !

Ici, c'étoit une gorge vagabonde & folâtre, qui infultoit à une gorge *rétrécie*, dont les mouvemens rares & pareffeux reffembloient à ceux d'une montre fabriquée depuis deux fiécles.

Là, un bras de néige, orné d'une main potelée, fe rioit de la féchereffe d'une main fillonnée.

Ailleurs, des apas secrets où toute la Cour de *Venus* faisoit son séjour, insultoit à de vieux charmes où l'hiver des années exerçoit le plus cruel empire.

Charmes autrefois ! maintenant objets hideux; ils ressembloient à ces places que la valeur Française a boulversées dans les *Pays-bas*; ce ne sont plus des Villes; un monceau de pierres, des crevasses énormes occasionnées par les mines; tels sont les déplorables restes de ces fameux remparts que tant de canons ont battus, devant lesquels tant de Guerriers ont succombé. Il n'eut pas moins fallu que l'âge de *Nestor* pour se souvenir du premier siége soutenu par la vieille Marchande.

La belle transfuge fut travestie en peu de tems. *Venus* sous cet habit l'eût prise pour *Adonis*; *Adonis* sous celui qu'elle quittoit, l'eût prise pour *Venus*.

Le Génie profita des momens pour donner quelques conseils à Lucinde. Veuillent les Dieux, ma chere enfant, lui dit-il, vous conserver votre beauté & le cœur de votre Amant ! On ne voit que des infidéles violer leurs sermens. Quelles suites funestes n'ont pas les hymenés contractés en secret, & que le seul flambeau de l'amour éclaire ! On a vû deux *jeunes époux* (la mémoire en vivra éternellement) on les a vûs sacrifiés sans pitié par le reſſentiment paternel. Envain le malheureux fils reclamoit pour lui les droits du ſang, & la nature & l'amour ; envain l'éloquence la plus touchante dicta ſes Plaidoyés: les auditeurs émus, attendris, fondirent en larmes : le ſeul Pere & les Loix furent inexorables. Maintenant ces deux Victimes de la paſſion, errantes, ſans état , & ſans biens , ne trouvent d'autre conſolation qu'en eux-mêmes , & qu'en leur tendreſſe mutuelle.

Trop heureuſes encore celles qu'une chaîne étroite lie à leurs Amans , & qui ne craignent point de la voir rompue par eux-mêmes. Que de triſtes exemples d'Amantes délaiſſées!...

Là le Génie ſe retint; il alloit entamer des Hiſtoires ſans fin ; il y étoit entraîné par le goût de conter , goût enraciné dans la vieille Marchande dont il avoit emprunté les organes.

Mais il appréhendoit l'impatience de *Ganadoumouri*, dont il avoit déjà plus d'une fois reſſenti les effets ; il quitta ces lieux àregret, & plus prompt que le *Zéphir*, il ſe préſenta aux yeux de ſon Souverain , que ſon retardement commençoit à inquieter.

Il lui montra les habits qu'il venoit d'enlever. *Ganadoumouri* loua le choix des étoffes & des couleurs ; il réfléchit un inſtant,

comme pour enfanter quelque prodige, &
tout à coup, par un changement rapide qui se
fit en lui & dans ses deux Ministres, ils se
virent revêtus de formes humaines.

Ganadoumouri avoit la figure d'un étranger.
Il paroissoit d'un âge où l'experience rend recommandable. Il avoit la taille haute, & bien
prise, le teint bazanné, le regard noble, & le
port majestueux.

Il eut bientôt mis l'habit que *Gasmeser* lui
avoit apporté. La couleur étoit un *verd-de-
mer*. L'or & l'argent y brilloient à l'envi. Un
large sabre de *Damas* lui servoit de défense &
d'ornement.

Gasmeser paraissoit d'un âge moins avan-
cé que *Ganadoumouri*. Il avoit un air militi-
taire, les façons aisées ; le plus *élegant* de
nos *Mousquetaires* ne l'auroit point surpassé
en bonne mine. L'habit qu'il prit étoit leger,
& tel qu'il convenoit à sa qualité de voya-
geur

A l'égard de *Tésicuriola* ; sa figure étoit la
plus intéressante, & sa taille des mieux proportionnées. Il paraissoit dans le matin de
ses années ; l'œil vif, le teint brillant, les
levres tapissées du plus bel incarnat, le front
élevé, les cheveux blonds cendrés, la démarche aisée, & la jambe taillée par la main des
graces ; il avoit de ces phisionomies qui pourroient faire honneur aux deux sexes.

En prenant la figure d'un mortel, il en avoit pris les défauts. Déjà curieux naturellement, il étoit devenu indifcret, vain, bruyant, perfide, *Petit-maître*. L'amour-propre qui eft le premier des fentimens, s'étoit déjà fait entendre dans fon cœur.

Il s'étoit emparé de l'habit le plus galant, & dont le goût approchoit le plus de ceux qu'il avoit remarqués dans les Jardins enchanteurs des Tuilleries. Il tâchoit de fe modéler fur un de ces êtres brillans, dont *Gafmefer* lui avoit faifis les défauts. Il compofoit fa démarche, réflechiffoit fes geftes, devenoit *maniéré*.

Gafmefer voyoit avec plaifir fes conjeftures réalifées, & *Téficuriola* prenant la grande route du ridicule.

Les Génies, ainfi transformés, étoient prêts de faire annoncer l'arrivée du Rhinoceros, lorfque la nuit vint étendre fes voiles, & couvrir en même tems les fages deffeins & les folles entreprifes.

FIN DU QUATRIEME CHANT.

CHANT V.

LES femmes de chambre congédioient les favoris, & les reconduisoient par l'escalier dérobé ; les *Chicanneaux* infatigables assiegeoient les portes des *Perins-dandins* ; le bruit, les cris musicaux des marchands ambulans croissaient à l'infini, & se confondaient ; l'interêt reveilloit une moitié subalterne de Paris ; & les principaux Citoyens, jouissant du sommeil aux dépens de leurs égaux, pressoient le mol duvet dans des réduits inaccessibles au tumulte ; en un mot il étoit jour.

Le souverain Génie enjoignit à ses ministres d'annoncer l'arrivée du monstre au peuple qui se montroit déja sous les brillans portiques de l'édifice.

Gasmeser aborda un de ces *oisifs* qu'une frivole curiosité rend, pour ainsi dire, habitans de ces lieux ; il lui parla du prodigieux *quadrupede* qu'il alloit exposer à la vûe du public. *Tésicuriola* n'eut point de peine à lui inspirer un désir ardent de le voir ; l'imagination d'un Français est un phosphore subtil qu'enflamme le soufle le plus leger.

Cette nouvelle tardi peu à être répandue dans tout l'édifice. La bouche officieuse du *curieux* l'avoit confié à tous ceux qu'il avoit trouvé fur fes pas. Une avanture galante eft moins prompte à être publiée par une *Caillette* dont la médifance eft l'élement.

Mais il eft des moyens encore plus certains de divulguer les nouveautés. *Gafmefer* part comme un éclair, & fe rend au pié de ce mont toujours couvert *d'infectes claffiques.* C'eft dans ce climat qu'une fage police, fous le prétexte d'honorer & de diftinguer les fiences, a réellement féparé du refte des hommes, les *pédans*, & leurs *Ourfons* informes, les auteurs indigens, & les imprimeurs leurs nourriciers. *Gafmefer* entre chez un de ces derniers, & lui demande les fecours de fon art. Là fous les mains des ouvriers actifs les fons métallifés & fondus fe rangent avec ordre, & par une ingénieufe méchanique, fe changent en des volumes immenfes de profe ou de vers. Là, par un deftin contraire, mais inévitable, enfans de la même mere, mais inégalement partagés, fortent de la preffe, tour-à-tour les *Henriades* & les *Maltiades*, les *Drames* du divin *Moliere*, & les Comédies *Larmoyantes.*

. Bientôt, par la même voye, le Public aprend qu'il exifte un *Rhinoceros*, &, que cet animal amené à grands frais des Contrées lointaines, va être expofé aux regards des curieux. On n'a garde d'oublier dans le papier *d'annonce*, la quantité prodigieufe d'alimens que le monftre

tre dévore, le lieu où il se voit, & le tribut
que l'on prend par personne. *Gasmeser* fait dis-
tribuer ces annonces dans les caffés, dans les
voyes publiques, & aux promenades.

La merveille qu'il promet est bientôt le sujet de tous les entretiens, & devient la nouvelle du jour. Il n'est bruit que du *Rhinoceros*;
on brûle d'impatience de le voir.

Pendant que ceci se passe, & que tant de
têtes françaises & légeres sont en l'air, *Tésicu-*
riola éleve un Théâtre; il y fait monter le superbe animal; les entours de ce Théâtre se
remplissent aussi-tôt de spectateurs, tel un
Roi se voit environné de Courtisans; les regards de tous s'attachent sur un seul.

> Tous, pour s'y rendre, avoient des aîles;
> Le Plumet, le Petit-Manteau,
> De Momus Sectateurs fidéles,
> Vifs amateurs des bagatelles,
> Passionés pour le nouveau;
> On y voyoit Gentes pucelles
> Avec leurs meres éternelles,
> Et d'autre part maint Jouvençeau
> Dont les amoureuses prunelles
> Dardoient mille & mille étincelles;
> Le Traitant quittoit son bureau;
> Le petit maître ses ruelles.
> F.... y conduisoit ses belles;
> L'amour son volage troupeau;
> La dévotte à simple cornette,
> Et la Galanté, & la Coquette

D

S'y préfentoient de toutes parts ;
Quelque tems même la Comette
Vit déferter fes étendarts ;

On regardoit avec extafe la taille énorme
du *Rhinoceros*. Les Génies ne pouvoient fuffire aux queftions réitérées & fouvent abfur-
des des affiftans.

Comment raconter dignement les propos
divers dont ce monftre fût l'objet.

Quel pinçeau affés délicat pourroit tracer
les avantures charmantes que ce fpectacle fit
éclore.

Toi feul, fçavant amour, maître des Dieux
& des hommes, toi feul peux noblement
hiftorier des faits galands où tu as préfidé ;
daigne prendre ma place & foit le chantre de
tes propres triomphes.

Rien ne captivoit davantage la maligne curiofité de ceux qui fe rendoient à ce fpectacle que la *Corne* monftrueufe qui furmontoit
le front du terrible animal.

Elle donna lieu à des allufions & à des
épigrammes qui tournoient toujours à la gloire de l'amour & à la confufion de l'himen.

Chaque inftant du fpectacle étoit marqué
par de nouvelles avantures.

Un mari dont fa chere Hélene
Avoit fait un Ménélas,
Voit le monftre, foupire & recule trois pas ;

Pour adoucir fa peine,
Il quitte ces lieux ; mais hélas,
Du préjugé l'ombre inhumaine
Le fuit & ne le quitte pas.
A peine la nuit fombre,
L'invite par fon ombre,
A jouir du fommeil, remede aux plus grands maux ;
Des fonges la troupe volage
Vient interrompre fon repos ;
Graces à Mefler *Cocuage*
Notre époux fe figure être un *Rhinoceros*,
Que fa *Moitié* conduit de Province en Province
Pour le montrer aux curieux.
Il éveille fa femme, il la mord, il la pince,
Ma bonne, lui dit-il, quel changement affreux !...
Je fuis devenu monftre,.... une corne rébelle.....
Tate mon front.... le malheur eft nouveau....
Vous n'êtes pas le premier, lui dit-elle,
Dont un vain fonge ait troublé le cerveau.

Pendant les premiers mois du fpectacle *Té-ficuriola* ne laiffa échapper aucunes des co-miques avantures qui arriverent à l'occafion du *Rhinoceros*. Il s'en récréoit avec *Gafmefer*, & l'un & l'autre en obfervateurs fenfés y méloient des reflexions utiles.

Je me trompe bien, dit *Téficuriola*, ou mari commode, & *Rhinoceros* vont être finoni-mes ; les Journaliftes galands l'érigeront en proverbe.

Affurément, répondit *Gafmefer*, les fem-mes le mettront en crédit, ignorez-vous ce qui fe paffe depuis l'arrivée du monftre en cette ville; c'eft l'année critique pour les maris. Paris retentit d'une infinité d'avantures où la foi conjugale a reçu de furieux échecs. Quittons pour un moment cette enceinte & avançons fous ces portiques, je veux vous faire part d'une de ces avantures que la bizarre humeur d'un mari lui a juftement attirée, pendant que le fuprême Génie préfidera au fpectacle.

Les deux Génies s'éloignerent de l'affemblé, & *Gafmefer* parla ainfi.

L'époufe d'un riche particulier vient de donner une preuve de l'habileté des femmes à tromper la jaloufe vigilance de leurs maris.

Elmire, enrichie des avantages les plus rares de la nature, eft dans un âge où la galanterie eft une fuite néceffaire des attraits & du tempéramment.

Une taille légere, un vifage modelé fur celui des Graces, des yeux parfaitement beaux, & dont l'amour dirige tous les mouvemens, mille beautés dans leur premiere fleur, ce n'eft encore qu'une faible efquiffe des apas de cette belle.

Un bufte taillé d'après celui d'une divinité Chinoife, l'humeur bizarre du Grondeur, l'ame rétrécie d'Harpagon, la fureur d'un jaloux Florentin, & ce qui eft plus affreux que tout cela, quinze luſtres complets, voilà les charmes de l'antique époux d'Elmire. Qui n'eut dit, en voyant cette union formée par l'himen, que le Dieu cruel avoit ordonné le ſuplice de la jeune épouſe. Ainſi ce Roi barbare, dont l'hiſtoire fait mention, attachoit des corps vivans à des corps ſans vie.

Elmire ne ſortoit qu'accompagnée de ſon mari, ou d'une Duegne éternelle Argus gagé pour compter ſes pas & ſes regards.

Son mari la tenoit preſque toujours renfermée; moins pour jouir de la poſſeſſion d'un ſi charmant tréſor, que pour en priver les autres; ſemblable à ce Dragon qui dans le jardin des heſperides veilloit à la garde de fruits précieux où il ne touchoit jamais; ou tel le chien du jardinier de la fable gardant un monceau de foin empêchoit le bœuf d'en aprocher.

Les Ris & les jeux, enfans de la liberté & du plaiſir, étoient bannis de ce ſéjour d'horreur; on n'y voyoit que l'himen, non celui qui dans ſa naiſſance reſſemble preſque à l'amour & en imite toutes les vivacités, mais cet himen hideux fils de l'interêt & de la diſcorde; qui abhorre juſqu'au nom de tendreſſe, & ne ſe nourrit que de querelles & d'alarmes.

Elmire avant ſon eſclavage avoit été en liaiſon de cœur avec un Conſeiller de la Ville

de..... il étoit de l'âge où l'on eſt preſque
toujours aimable. La lecture du Code & du
Digeſte n'avoit point encore ridé ſon front ;
ſes yeux donnoient gain de cauſe à toutes les
Belles qui ſollicitoient ſon jugement ; ſa taille
étoit des mieux proportionnées , & qui auroit
plus annoncé un Mouſquetaire que le diſci-
ple de Bartole & de Cujas.

Le jeune Sénateur avoit des manieres élégantes , l'eſprit leger & brillant , mais peu ſolide , ſelon les regles , & tel qu'il convient à
ceux de ſon eſpéce. Il avoit fait ſes exercices
de petit maître chez la Comteſſe de... qui
tient Académie de *bon ton* & d'airs à la mode. On y diſpenſe des prix à ceux qui poſſe-
dent *ſouverainement* le jargon de ſocieté , &
qui placent *divinement* les termes nouveaux ,
ces mots *exquis* qui rendent une converſation
eſſentielle & intéreſſante.

Ils en étoient au point de ſe donner dans
peu les preuves les plus tendres & les moins
équivoques de leur amour , lorſque les parens
d'Elmire conclûrent ſon mariage , & la livre-
rent cruellement au plus horrible des maris.

Verbois (c'eſt le nom du Conſeiller) aprit
ce fâcheux contre-temps avec toute la dou-
leur d'un amant *emporté & furieux.*

Il donna des marques éclatantes d'un dé-
ſeſpoir complet ; il fit tout ce qu'on fait quand
on eſſuye quelque malheur ; il vit ſes amis ,

leur conta à table toutes les circonstances de
sa disgrace ; on tint conseil, mais on bût beau-
coup , & on n'exécuta rien.

Malgré les obstacles que l'humeur jalouse
du mari d'Elmire opofoit à ses entreprises
amoureufes, Verbois ne laissa pas de se fla-
ter de les vaincre , & de jouir quelque jour
du charmant avantage *d'être au mieux* avec sa
chere maîtreffe.

Une nouvelle lueur d'esperance vint le ranimer , la vieille Duegne avoit consommé sa
carriere.

Les jaloux se trompent quelque fois & l'a-
mour en rit malignement. Celle à qui l'époux
d'Elmire remit l'employ de furveillante, étoit
une fille moins âgé que sa devanciere. Sous
un extérieur fauffement févere , elle cachoit
un cœur accessible & tendre ; on eut dit voir
l'aimable Danvellille jouer dans le *Magni-*
fique; elle avoit fon air compofé , mais fin ,
fon esprit adroit , & celui même de le cacher à propos. Par goût pour les préfens, &
par bon naturel , elle s'étoit toujours prê-
tée à toutes les petites fantaifies de ses maî-
trefses, & se feroit fait un crime de laisser
languir deux amans paffionnés , & même
trois , fi le cas fût arrivé, tant elle étoit com-
patissante.

Elmire étudia fon caractere, elle la trouva
telle qu'elle defiroit, fe l'attacha par les ca-

D iiij

reffes , lui ouvrit fon cœur , & lui laiffa voir toute la paffion que le Confeiller y avoit allumée.

La *Signora* Juftine prit interêt à fa fituation , promit de tout facrifier pour la fervir.

Verbois l'aprit par la fuivante même ; il hazarda ; une lettre qu'elle rendit avec fidélité.

Elmire lut & relut cette lettre avec tranfport ; il demandoit dans les termes les plus paffionnés le bonheur de la voir ; il le demandoit avec menace ; il proteftoit que s'il en étoit privé , la mort finiroit fon tourment.

Que, ces tendres inftances agitent puiffamment le cœur d'un femme , & d'une femme furtout que la jaloufie obferve ! Si dans ce moment même Elmire en eut eu les moyens , Verbois auroit été auffi heureux , & l'époux auffi malheureux qu'on puiffe l'être. La paffion croît par les obftacles ; rien ne féduit tant que la défenfe ; l'amour l'a inventée pour l'interêt des plaifirs ; les allarmes & les précautions des jaloux font un bien pour les amans.

Juftine ne défaprouvoit point l'entrevûe ; mais quel moyen de la faciliter ? Aucun ne fe préfentoit ; on remit au lendemain à répondre à la lettre , dans l'efpérance que la nuit feroit naître quelque heureux ftratagême pour détruire cet embarras.

Elmire ne prit aucun repos pendant la nuit ;

elle replia mille fois son esprit sur toutes les
rufes que les femmes ont employées , rufes
que n'ont pu épuifer les plumes fertiles des
Bocace & des *Lafontaine* ; elle s'en tint à
celle-cy que lui fuggera l'amour , & que fu-
rement aucun mari n'avoit mis jufques alors
fur fon recueil.

Pour tout amufement dans fa prifon , elle
n'avoit que les jeux d'un enfant neveu de fon
mari ; & quel amufement pour une femme
raifonnable que des *polichinelles* , des pantins
& des tambours ! Cependant Elmire feignoit
d'être charmée de tout ce qui occupoit l'enfant. Elle imagina de lui faire faire un *Rhi-*
noceros de carton ; elle en pria fon vieil époux
qui y confentit; Juftine fut chargée d'en faire
l'emplette.

L'officieufe fuivante va trouver un ouvrier
de ces frivoles machines; elle le prend à part
& le difpofe favorablement , en lui gliffant
dans la main une piéce d'or : elle lui promet le centuple pour l'ouvrage qu'elle vient
lui commander ; mais quelle fut la furprife
du Machinifte quand Juftine en vint à lui
marquer les dimenfions qu'il devoit obferver !
Les flancs du *Rhinoceros* devoient être affés
vaftes pour contenir un homme; l'ouvrier dé-
terminé par l'interêt ; promit tout , & fe mit
fur le champ au travail.

Juftine , avec la même promptitude court

chez l'amant, lui aprend la rufe de guerre inventée contre le jaloux, & toutes les mesures qu'on a prifes pour réuffir. Tranfporté de joye, il court chez l'ouvrier & fait briller l'or à fes yeux ; deux autres ouvriers aident au premier ; l'ouvrage croît à vue d'œil, & s'acheve avant le coucher du Soleil. Tel eft le pouvoir de l'or ; ainfi ce métal créateur eft l'ame des arts & de l'induftrie.

A l'un des côtés de la machine on avoit pratiqué une porte à fecret qui eut échapé au plus fcrupuleux éxamen.

Pendant le cours de ce travail, le fénateur fut toujours préfent ; il fe préta à toutes les poftures néceffaires, & quand il en fut tems, il s'y laiffa renfermer.

Bientôt à l'aide de quatre roulettes le faux monftre & ce qu'il contient font tranfportés au domicile de l'époux.

Ainfi par le confeil d'une prudence fatale à tout un peuple, après s'être morfondus pendant dix ans entiers devant les murs de Priam, les vangeurs du raviffement d'Héléne s'aviferent de conftruire le fameux Cheval de bois & de fe cacher dans fes flancs ; mais on n'abatit point de murailles pour introduire chez l'époux d'Elmire le *Rhinoceros* de carton. L'ennemi qui y étoit logé devoit faire une bréche plus dangereufe à la fortereffe que défendoit l'himen.

Juſtine traînoit la machine roulánte que l'enfant s'égayoit à frapper d'un fouet leger.

Si la beauté, les couleurs, & les proportions du *Rhinoceros* trompeur furent loués par le vieillard, elle ne furent pas moins du gout de la jeune épouſe.

Elle le careſſoit, lui paſſoit une main ſous le poitrail, & de l'autre empoignoit ſa belle corne. C'eſt ainſi qu'Europe ſur le rivage jouoit avec les cornes du feint Taureau qui s'aprêtoit à la tranſporter au travers des flots dans l'Iſle de Crete.

A meſure que la machine avançoit vers le cabinet où elle devoit être ſerrée, l'interêt d'Elmire augmentoit; elle jettoit des regards amoureuſement inquiets, tantôt ſur ce carton muet dépoſitaire de ſes plus cheres délices, & tantôt ſur Juſtine qui partageoit avec elle ſon trouble.

Le mari dont le front s'étoit déridé, ſe plaiſoit à attacher à la corne & au col de l'animal des nœuds de ruban dont la couleur auroit pu lui annoncer le malheur qui le menaçoit, & que lui-même avoit choiſis ſur la toilette de ſa femme.

Tel on vit le peuple Troyen orner de bandelettes la Machine qui receloit ſa deſtruction, & former autour d'elle des danſes légeres.

Déja la Machine étoit logée, & l'époux à

qui il étoit survenu quelqu'affaire s'étoit heu-
reusement retiré.

Alors Justine toujours adroite fit sortir avec
elle l'enfant ; il ne falloit pas le rendre spec-
tateur de la sortie du Conseiller.

Elmire impatiente ouvre en tremblant la
porte secrette ; elle aîde elle-même à sortir
à son cher Verbois ; qu'elle prit avec plaisir
ce soin ! ainsi la Courtisanne amoureuse se
chargea sans peine de l'emploi de valet-de-
chambre auprès de Camille.

Je laisse à votre imagination à se tracer l'ex-
tase délicieux où s'abandonnerent nos amans
quand ils se virent réunis ; l'ardent Conseiller se jette aux genoux d'Elmire ; il les em-
brasse ; il veut y mourir de joye & de ten-
dresse.

Les momens étoient précieux ; l'amour, un
horloge à la main, marquoit à ce couple charmant les courts instans qu'ils avoient à jouir
l'un de l'autre ; d'un autre côté le silence, le
doigt sur la bouche, les invitoit à ne pas perdre le tems en vaines paroles.

Verbois devint ardent, & bientôt.... mais
ce n'est point à des êtres purs, comme nous,
à porter les yeux sur les faiblesses des mortels ;
il me suffita de vous dire que le vieillard fut
associé sans retour au corps nombreux que le
successeur de l'himen voit marcher sous ses
drapeaux. L'heureux Verbois jouit du fruit de

l'ingénieufe rufe ; averti par le moindre bruit, il rentroit dans fa commode retraite. Souvent il partagea la couche d'Elmire ; fouvent il fut contraint de paffer la nuit dans les flancs du *Rhinoceros* ; fouvent il y fut nourri de confitures & d'autres mets auffi légers par les belles mains d'Elmire, quand le vieux jaloux qui l'obfedoit les empêcha de faire autrement; Quelquefois fous le prétexte de faire ajouter des enjolivemens à la machine, le Confeiller fortit, & il rentra tant qu'il voulut par le même moyen.

Gafmefer s'arrêta en cet endroit; & *Téficuriola* fut mortifié intérieurement qu'il n'eut pas voulu *appuyer* fur les détails, & faire une defcription *au vray* de l'entrevue fecrette des deux amans.

Il étoit moins délicat que lui fur le chapitre de la tendreffe depuis qu'il avoit pris une forme humaine.

Plufieurs Marchandes dont les agrèmens fe faifoient remarquer de tous ceux qui fe rendoient au fpectacle du *Rhinoceros* s'étoient déjà acquis l'hommage de l'ardent Génie. L'air *Petit Maître* qu'il jouoit *fouverainement* lui avoit épargné avec elles ces fades préludes de refpect qui éteignent l'amour, loin de l'allumer. Le Génie leur avoit déja fait goûter des plaifirs d'autant plus *réels* qu'il y faifoit entrer de ce feu *divin* qu'il avoit de plus que les hommes , & qui compofoit fa nature.

Téficuriola fit fur l'hiftoire qu'il venoit d'entendre des réflexions conformes à fa morale. Il me paroît , dit-il , que l'infidélité des femmes n'en feroit point une fi tous les époux reffembloient au vieil époux d'Elmire.

Il y a de fort honnêtes maris , répondit *Gafmefer* que leurs bons procédés pour leurs moitiés n'ont pû fauver du naufrage commun.

Que direz-vous quand vous apprendrez que Zéphis à qui depuis deux ans de mariage fon mari jeune , riche , & aimable rendoit *encore* les foins d'un amant , vient de lui fubftituer le Comte de.... dont le Squelette glacé ne connâit plus que l'ombre du plaifir , & qui ne paye plus que de *jargon*.

De galands vaudevilles vous apprendront qu'il n'y a point de lieu fecret que les femmes n'ayent rendu le confident de leurs plaifirs ; que les Pénates & les Lares , ces Dieux domeftiques fi refpectés par l'antiquité , fe font rendus *Commodes de Cithere* , & ont prêté leurs temples enfumés aux myfteres furtifs de l'amour.

Mais , interrompit *Téficuriola* , il femble que cette infortune générale des époux n'arrive précifément que pendant le féjour du monftre en cette Ville. La corne de cette animal, par un effet *fecret de Sympathie* , communiquèroit-elle aux femmes qui l'ont vû un penchant invincible à ce que vous nommés en elles infidélité ?

Arrêtés, dit *Gafmefer*; n'exécufés point ces aimables criminelles. C'eſt dans leur cœur que vous devez chercher la cauſe de ces écarts ; comme le plaiſir eſt de leur eſſence, il fau- droit qu'elles ceſſaſſent d'être pour y re- noncer.

Après cet entretien les Génies ſe rendi- rent auprès du ſouverain, & furent repren- dre auprès de lui des fonctions que l'affluen- ce continuelle des ſpectateurs rendoit indiſ- penſables.

FIN DU CINQUIE'ME CHANT.

CHANT VI.

CEPENDANT les gazettes & tous les papiers publics étoient remplis du nom du *Rhinoceros* ; ce nom superbe y figuroit avec les matiéres importantes & graves, qui aprés avoir été amplement discutées dans les Caffés de Paris, vont amuser *délicieusement* la Province.

Déja dans les contrées méridionales de la France, lieux habités par l'hyperbole, & où l'esprit subtilisé est poussé au dernier dégré de finesse, en *Gascogne* on parloit du terrible *Rhinoceros.* Les imaginations échauffées s'en formoient une idée digne du sujet ; on donnoit un demi pied de plus à sa corne ; on étoit en différend sur sa taille ; les paris s'animoient de part & d'autre ; mais tous les esprits s'accordoient en un point ; tous aspiroient à voir le fameux animal.

Peuple aimable, Nation plus chérie de Minerve que de la fortune, modérés, s'il se peut, la vivacité de vos désirs ; il n'est pas tems encore que la *Capitale* se prive de ce qui l'occupe si agréablement ; ne lui enviés pas un bonheur passager qu'elle ne regrettera que trop-tôt.

Trois

Trois fois l'Aſtre qui préſide au ſexe charmant & aux cerveaux poétiques, avoit renouvellé ſon cours. Le nombre des ſpectateurs du Rhinoceros ne diminuoit point. Le
parquet, l'enceinte, & les baluſtrades étoient
le rendez-vous de tout ce qu'il y avoit d'aimable dans Paris. Les *Berlingo* des Coquettes, les *Caroſſes - coupés*, les voluptueux *vis-
à-vis*, les *remiſes* des *Provinciales*, & les *de-
mies - fortunes* de *Meſſieurs des ſoupirs* aſſié-
goient continuellement la porte du Spectacle.

Téſicuriola qui n'avoit des yeux que pour
le ſexe enchanteur, fit remarquer à *Gaſmeſer*
une femme aſſez aimable qui ſe trouvoit à
l'aſſemblée. C'étoit une Marchande de la Foire,
& ſa premiere conquête.

Vous voyez, dit-il, une jeune prude, dont
le maintien ſemble ne reſpirer que la vertu.
cette modeſtie de commande ne vous en im-
poſeroit pas, ſi je vous rapportois quelques
traits de bonté de la petite perſonne.

Je me promenois ſous un des portiques où
elle expoſe en vente de ces colifichets de
femme, enfans du luxe & de la mode; je la
vis; ſa figure fit quelque impreſſion ſur mon
cœur, je l'abordai avec cet air de confiance, que vous dites être ſi victorieux auprès du
ſexe.

Aux façons affectueuſement polies avec leſ-

E

quelles elle me reçut, je me figurois qu'elle
me connaissoit depuis long tems; ignorant
alors que ce qui s'appelle Marchande de Paris a un jargon particulier, une répétition de
politesses d'aprêt qu'elles prodiguent indif-
féremment à tous ceux qui les abordent.

Je crois, me dit-elle, Monsieur, que vous
êtes un de ceux à qui appartient le *Rhinoce-*
ros; que vous êtes *divins* de l'avoir amené
en France!

Je vous jure que toutes les femmes, & en
particulier nous autres Marchandes vous en
aurons une obligation *essentielle*.

La queuë du *Rhinoceros* fait aujourd'hui
notre fortune; il n'est pas possible que vous
ignoriés le changement qui est arivé dans nos
coëffures.

Tout ce langage seroit encore un mistére
pour moi, & je n'aurois pas sû la révolution
arrivée tout récemment dans le pays des modes, si la belle Marchande ne m'eut raconté
que la Marquise de . . . connue par sa profonde habilité & par l'invention de certains
meubles de toilette, ayant vû le *Rhinoceros*
avoit été frappée de sa structure bizarre, &
de sa corne & de la queuë; que par un effort
d'imagination qui fera l'étonnement de tous
les siécles, elle avoit conçû l'idée d'une nouvelle Coëffure ornée d'une corne & d'une
queuë, ouvrage sublime qu'elle-même avoit

nommé *Coëfure à la Rhinoceros.*

Vous ne fauriés croire, ajouta la jeune Marchande, combien cette nouveauté a pris parmi notre fexe; c'eft encore à préfent une fureur. L'aiguille de nos ouvrieres ne peut fuffire à la quantité de ces ajuftemens nouveaux, qui nous font commandés. On compteroit plûtôt les mouches qui tombent du vifage recrépi des filles de l'Opera, lorfqu'elles vont fe coucher, que l'on ne compteroit les Coquettes qui fe font coëffer *à la Rhinoceros.*

Madame *Falbala* ma voifine vient de marier fes deux filles, & leur a donné en dot ce qu'elle a gagné à vendre les nouvelles coëffures.

Que le fouvenir des deux objets qui ont caufé leur fortune, leur doit être précieux, m'écriai-je! elles & leurs maris, répondit-elle, béniront à jamais l'arrivée du *Rhinoceros.*

La belle Marchande me fit voir enfuite une de ces coëffures, chefs-d'œuvres du goût; on y admiroit une plume legere, variée de mille couleurs, imitant la corne du *Rhinoceros*, & un ruban qui reffemble à la queuë frétillante du Monftre. Cet ajuftement de tête n'eft pas moins victorieux que les coëffures furmontées d'aigrettes, Aftres brillans & favorables qui préfident, comme l'étoile de Venus aux deftinées des Amans.

E ij

Je vous dirai, continua la Marchande ; qu'un nouveau plan de coëffures m'a été communiqué fous le fecret. Mais je vous crois affez de difcrétion pour mériter que je me relâche un peu de la mienne en votre faveur.

Il s'agit de coëffures qui s'appelleront *coëffures à la Commette*. Ces Meffieurs qui font des *Almanachs* à l'*Obfervatoire* ont remarqué dans le Ciel une nouveauté qu'ils nomment une *Comette*. Le bruit que cette Comette a fait dans le monde a donné lieu de faire des coëfures du même nom ; on ne doute point qu'elles ne faffent fortune.

Ce n'eft pas que le vifage de celles qui facrifieront à cette mode, en acquerrera plus de grace ; au contraire rien ne leur fera plus défavantageux que ce bizarre ajuftement. Leurs figures retirées dans un long berçeau de gaze reffembleront à ces objets qui fe perdent dans le lointain ; c'eft alors , que pour les découvrir les *lorgneries* de nos *Petits-maîtres* feront juftifiées.

Mais la mode ne perdra rien à ce défavantage ; le regne de ces coëffures bizarres n'en fera pas moins brillant. J'entrevois d'avance les profits confidérables qui nous réviendront à bâtir de ces frivoles édifices.

J'écoutois avec un plaifir indicible le difcours de l'aimable Marchande , & je fentois que ce plaifir prenoit fa fource, moins dans mon efprit, que dans mon cœur.

Madame *Modine*, c'eft le nom de la Marchande, a une figure de fantaifie, une de ces phifionomies chifonnées, qui ne *reffemblent à rien*, & qui pourtant ne laiffent pas d'intéreffer. Ses yeux, quoique petits, font pleins de feu; fa gorge eft paffablement belle; C'eft un Autel qui ne s'eft point encore affaiffé fous le poids des offrandes; un veuvage de deux ans lui a prefque rendu cette fleur que l'himen prend foin d'épanouir.

Elle ne tarda pas à s'apercevoir de la tendre impreffion qu'elle faifoit fur moi.

Je ne fais s'il y avoit un rapport entre nos cœurs, mais je m'apperçus du trouble qu'elle éprouvoit elle-même.

Je donnois à fa beauté des éloges dont le principe ne lui échappoit pas. Une veuve aimable, me difois-je, quel charmant début!

La nuit étoit venue; je brûlois d'impatience d'entretenir Madame *Modine* en fecret; je lui demandai la permiffion de la voir fouper; ah! Monfieur, que me propofés-vous, dit-elle? un tête-à-tête? Madame, lui dis-je, ma qualité d'étranger doit vous raffurer. Moins pétulans que les Français, un refpect infini eft notre premiere vertu auprès des Dames.

Pendant ce tems la jeune Marchande se mettoit à table ; je lûs dans ses regards mon excuse, si je prenois place à ses côtés.

L'audace est fille de l'amour ; j'osai servir ma belle veuve ; elle ne pût me refuser, & m'engagea à partager son souper.

Peignés vous les propos animés que je tins à certe belle. Quoique débutant sur le *Théâtre des bonnes fortunes*, je lui rendis avec tant de vivacité la passion qu'elle m'avoit inspirée, que je la mis bientôt dans la nécessité de me croire. Un air tendre qu'elle chanta, acheva de me convaincre du succès ; elle m'en adressa les paroles avec ce ton languissant & passionné, qui mieux qu'aucunes autres avances décéle l'amour. Ce sont des déclarations furtives, qui *mettent à leur aise*, & celles qui les font, & ceux à qui elles sont faites, de sorte qu'on est promptement instruit de part & d'autre de son *état mutuel*.

J'osai prendre quelques baisers sur ses levres ; elle détourna la tête, mais de façon à pouvoir toujours rencontrer ma bouche pleine de flâmes.

Facilement cruelle, elle me refusoit de ces faveurs *préliminaires* qu'elle souhaitoit pourtant que je lui ravisse.

Que vous dirai-je, enfin ! une liqueur charmante que la volupté même nous versoit, augmenta en elle un désordre dont l'amour avoit été la premiere caufe. Le moment arriva où nous nous livrâmes à une plus douce yvreffe ; Ah ! mon cher *Gafmefer*, que n'avez-nous éprouvé le plaifir qu'il y a d'être homme !

Revenus de notre commun délire ; après nous être donnés des preuves réiterées de tendreffe, j'eûs un plaifir nouveau ; en effet il n'y avoit rien de fi comique que l'air de décence dont la Marchande voulut fe parer. Les reproches qu'elle me faifoit refpiroient la vertu ; j'en fus pénétré. Etoit-ce là, difoit-elle, le refpect que je lui avois promis ? Elle m'ordonna tendrement de me retirer ; je n'eus garde de réfifter, & je pris le parti de la foumiffion. Une jeune Ouvriere qui étoit dans une chambre voifine de la fienne, auroit pû former des conjectures fur une vifite plus longue.

Je la quittai en lui jurant un éternel amour, & je m'engagai à venir le lendemain lui en donner des preuves encore plus parf es. Ce foir nous devons renouveller nos tendres facrifices. Oh Ciel ! que ne vous dois-je point pour m'avoir conduit dans ces voluptueufes Contrées, où les femmes fe font une forte de *réligion de cœur* de ne point retarder la félicité des Amans, & où le triomphe couronne prefque toujours l'entre-vûe.

Je crois, lui dit *Gafmefer*, qu'en homme du

fiécle & *du bel air* vous n'aimez point les plaifirs qu'il faut acheter par des façons & des lenteurs. Votre cœur naturellement vo-lage , n'eft point fait pour entretenir un com-merce de longue durée. Je vous le prédis ; n'aimant que le plaifir , vous tarderés peu à n'en plus trouver avec celle dont la conquête vous a fi peu coûté. Vous la facrifiriés inhu-mainement à une autre.

Trifte condition des femmes ! ce qui les at-tache , nous rebute ; où leur tendreffe com-mence à éclore , la nôtre eft toujours fur le point d'expirer ; & leurs bontés ne font jamais que notre ingratitude.

Je découvre en vous tout le germe de la frivole tendreffe des Français , vous avez juf-qu'à leur indifcretion.

Ah ! ne frondés pas cette humeur inconftan-te , s'écria *Téficuriola* ; je veux rendre mon commerce fi volage avec les Belles , qu'à la rapidité des plaifirs que je leur ferai goûter , elles puiffent les prendre pour un fonge dont l'illufion les aura féduites.

Ce Génie connaiffoit déjà l'amour. Ce Dieu volage ne peut voir fes Autels long - teims char-gés des mêmes offrandes; les cœurs unis y lan-guiffent & s'y confument , comme on voit une fleur naiffante perdre bien-tôt fa fraicheur & fon coloris fur le fein brûlant d'une jeune Beauté.

Téficuriola achevoit de parler , lorfqu'un

grand bruit se fit entendre dans la cour de l'é-
difice. L'impatient Génie y vola. *Gasmeser*
l'eut bientôt suivi.

Ils apperçurent un carosse magnifique qui
s'y étoit arrêté. Un jeune - homme superbement vêtu, & distingué par les airs en des-
cendit.

C'étoit le Chevalier de . . . le fat le plus
parfait du siécle. Esprit colifichet, Génie fé-
melle, dont l'unique mérite se bornoit à étu-
dier les modes, & à donner aux ajustemens
des deux sexes l'elegante tournure, & les graces d'aprêt. Tel en un mot par sa frivolité que
le Sultan *Schacbaham* l'eut choisi pour le premier brodeur de son Empire.

Tésicuriola qui depuis son séjour à Paris
s'étoit trouvé dans plusieurs cercles avec le
Chevalier, l'eut bientôt reconnu; il alloit l'a-
border avec *Gasmeser*; mais le Chevalier qui
l'apperçut le prévint.

Ah ! mon cher, dit-il, en embrassant *Tésicu-*
riola avec des transports animés, mais peu
sinceres, que l'*homme du jour* employe avec
tant d'adresse ; je te trouve *adorable* de t'offrir à moi, lorsque je venois te consulter sur
quelque chose d'*essentiel* . . . l'invention est
unique . . . tu ne saurois croire l'honneur
qu'il va m'en revenir. *Cela tient du miracle.*
Vois-tu mes chevaux ? . . Leurs nouveaux harnais ?

Les deux Génies ne comprirent rien au difcours preffé & intérompu du pétulant Chevalier; mais leur furprife fut au comble, lorf-qu'ils jetterent les yeux fur fon équipage. Les deux chevaux qui y étoient attelés leur parurent, au premier coup d'œil, un couple de *Rhinoceros*.

Tout aidoit à l'illufion. Mille boucles brillantes où le foleil réfléchiffoit fes rayons, imitoient les écailles dont le corps du *Rhinoceros* étoit couvert. Un bouquet de plume placé fur la tête des chevaux, reffembloit à la corne de l'Animal;& des cordons de foye de toute couleur, mêlés de glands où l'or & l'argent brilloient à l'envie, imitoient fa queuë, en fe recourbant jufques fur leur dos, & y flottant au gré des vents.

Le Chevalier leur apprit que ces harnais étoient de fon invention; que la vûe du *Rhinoceros* lui avoit infpiré ce projet, & qu'il l'avoit fait exécuter, auffi-tôt que conçû.

Les Génies diffimulés donnoient mille éloges outrés à ce prétendu bon goût du petit-maître, qui ne ceffoit de s'applaudir de fon imagination; on eût dit qu'il venoit d'enfanter quelque projet utile à fa patrie, dont les places les plus diftinguées pourroient à peine le récompenfer.

Tel que vous le voyez, ajouta-t'il, cela coûte dix mille écus; mais je ne pouvois ache-

ter trop cher le mérite de l'idée. Je viens vous
en rendre Juge ; qu'en dites-vous ? Eſt-il élégant? L'ouvrier a trouvé mon plan admirable ,
exquis, & l'a divinement rendu.

Les deux Génies recommençoient leurs ap-
plaudiſſemens flateurs. Les Gens d'eſprit neſont
point avares d'éloges , & les pouſſent ſouvent ſi
loin qu'on pourroit s'en plaindre : rien ne reſſemble mieux à la ſatire qu'une louange outrée.
Ainſi nous voyons les Peintres employer à-
peu'près les mêmes traits pour caractériſer les
ris & les pleurs. Combien de volumes com-
poſés uniquement d'éloges , pourroient paſſer
pour une ironie bien ſoutenue, depuis le com-
mencement juſqu'à la fin.

Ce ſoir , continua le Chevalier, je dois faire
un cadeau de mon équipage à la Ducheſſe
de... Je ſuis au mieux avec elle... Vous
vous doutez bien que la reconnaiſſance ... A
ces mots , il, quitta bruſquement les Génies ,
ſans leur expliquer davantage ſes deſſeins ; il
volá dans ſon Char, & fut étonner Paris du
Phénoméne dont il étoit le pere heureux.

Eh bien , demanda Gaſmeſer à Téſicuriola,
commençes- vous à connaître le caractére léger du peuple avec lequel vous habités ? que
de contradictions ne découvre t'on point en
lui! Il eſt tout à la fois capable de ce qu'il y
a de plus grand & de plus frivole ; il manie

également la marotte de *Momus*, le glaive
de *Mars* & la balance de *Thémis*.

·Le spectacle étoit aussi tumultueux que le
jour qu'il avoit été ouvert. Les curieux sem-
bloient se multiplier pour venir contempler le
Monstre ; tous y venoient payer un tribut d'admiration.

C'étoit peu que la vue du *Rhinoceros* eut
affecté l'imagination des femmes, en réveillant
en elles le penchant qu'elles ont toujours eu
pour les plaisirs. Celle des Poëtes & des Romanciers n'avoit point été à l'abri de cette
maladie épidémique.

Un Poëte ne revenoit point de ce spectacle
qu'il n'eut l'imagination frapée d'idées *Colof-
sales* qu'il sembloit que quelque sécrette analo-
gie lui communiquât.

Ceux qui auparavant avoient donné sur le
théâtre des piéces où le naturel de *Racine*, &
le sublime de *Corneille* étoient si adroitement
mariés, n'enfantoient plus que des drames
monstrueux, soutenus de machines, & où la
vraisemblance étoit entierement violée.

D'autres qui n'eurent jamais que de fausses
inspirations, infecterent la scéne de piéces bi-
garées de pensées ou inintelligibles par elles-
mêmes, ou que la mauvaise méchanique des
vers empêchoit de comprendre. *Melpomène*
ne débitoit plus que des paradoxes & des

madrigaux : *Thalie* lui avoit enlevé son Cothurne, & ne chauſſoit plus le brodequin.

Les régles les plus ſaintes de l'art étoient mépriſées, & on ſe permettoit juſqu'au plagiat le plus évident ; la ſçene étoit livrée à des Tirans méchans pour le ſeul plaiſir de l'être, à des meres inceſtueuſes au premier dé-gré, & à des peres ſans entrailles.

Le Génie Roi ſatisfait des produits immen-ſes qu'il retiroit de ſon ſpectacle, ſe flatoit de le continuer.

La *folie* lui promettoit de jour en jour de plus brillans ſuccès ; elle avoit même pro-poſé des aſſurances.

Les Génies miniſtres applaudiſſoient au deſ-ſein où leur Souverain paraiſſoit être de reſ-ter à Paris.

Téſicuriola ſur-tout pour qui ſa premiere con-dition n'avoit plus de charmes, auroit voulu que le ſéjour du Génie en ces Contrées fut éternel ; mais l'arrêt irrévocable des Deſtins avoit proſcrit le *Rhinoceros* ; & tandis que les Génies jouiſſoient tranquillement du fruit de leur adreſſe, un ennemi, ſecret, jaloux de leur bonheur, veilloit pour le détruire.

O Deſtinées ! vos décrets ſont immuables ! ni les hommes, ni les Dieux n'y peuvent réſiſter. C'eſt vous qui faites la paix & la guerre, malgré la folie, ou la ſageſſe des ſaibles Mortels ; c'eſt vous qui faites tomber un Opera, malgré la ſumptuoſité des décorations, & la brillante dépenſe des habits.

Sur la fin de ma courſe , je t'invoque , noir Démon de la jalouſie ; prête moi tes lugu-bres crayons , & trace avec moi le plus af-freux des malheurs que jamais tu ayes fait naître.

Une des plus belles nuits de l'Eté (qui croi-roit qu'elles duſſent être faites pour de pa-reils malheurs !) pendant qu'un profond ſom-meil retenoit les Génies dans les bras de la confiance ; une troupe conjurée de *Silphes* anciens ennemis de *Ganadoumouri* vinrent enlever le *Rhinoceros* du lieu où il étoit en-fermé , & l'eurent bientôt porté dans les airs.

Ce ne fut pas le ſeul attentat ; les *Silphes* criminels s'emparerent des riches tréſors que le Génie Roi avoit amaſſé dans l'expoſition du *Rhinoceros*.

Ces *Silphes* étoient les mêmes que ceux qui avoient autrefois ravagé la France ſous la figure des..... & de tant d'autres Sang-ſuës publiques, dont un tribunal équitable tira par la ſuite une vengeance digne de mé-moire.

Le Monſtre pouſſa des hurlémens épou-vantables. Les échos des rives de la *Seine* les repeterent pluſieurs fois.

Comment fe figurer le défefpoir qui fut lé fruit du réveil des Génies ? Un joueur qui *débanque au Pharaon* & qui fe trouve fans refource, n'eft point frapé d'un coup qui foit auffi cruel. Que feront déformais en France les Génies dépouillés de tout les moyens d'y briller ! privés du *Rhinoceros* le premier & le plus cher de leurs tréfors, ils ne peuvent plus afpirer à faire une belle dépenfe.

Eft-il feulement une Actrice (quelque généreufe qu'elle fût) qui voulût les recevoir & leur donner azile ? Dans une extrême infortune, il faut raffembler toutes les forces de fon efprit pour prendre promptement un parti honorable. Les trois Génies délibérent fur le champ de retourner dans leur pays, & d'en quitter un où l'efprit fans richeffes eft un ridicule infoutenable.

Mais en s'arrêtant à cette réfolution, ils ne veulent point nuire aux Français ; ils leur laiffent pour toujours, en pur don, la foif de l'or & la curiofité. Le départ des Etres fupérieurs doit être marqué par quelque faveur éclatante.

On raconte même que le Deftin ne voulant point que le peuple Français perdit le fouvenir du *Rhinoceros* qui avoit fait fi longtems fon admiration, permit à l'ame matérielle de cet Animal, de fe divifer & d'aller habiter les corps des *Poëtes* & des *Romanciers* fans nombre qui font répandus dans la *Capitale.* Ainfi permit-il autrefois au fameux *Oifeau* de *Nevers* de tranfporter fon ame & fon caquet de None en Noné , jufqu'à la fin des fiécles.

Fin du fixiéme & dernier Chant.

Page 15, *ligne* 21 tenfe , *lifé* tendreffe.

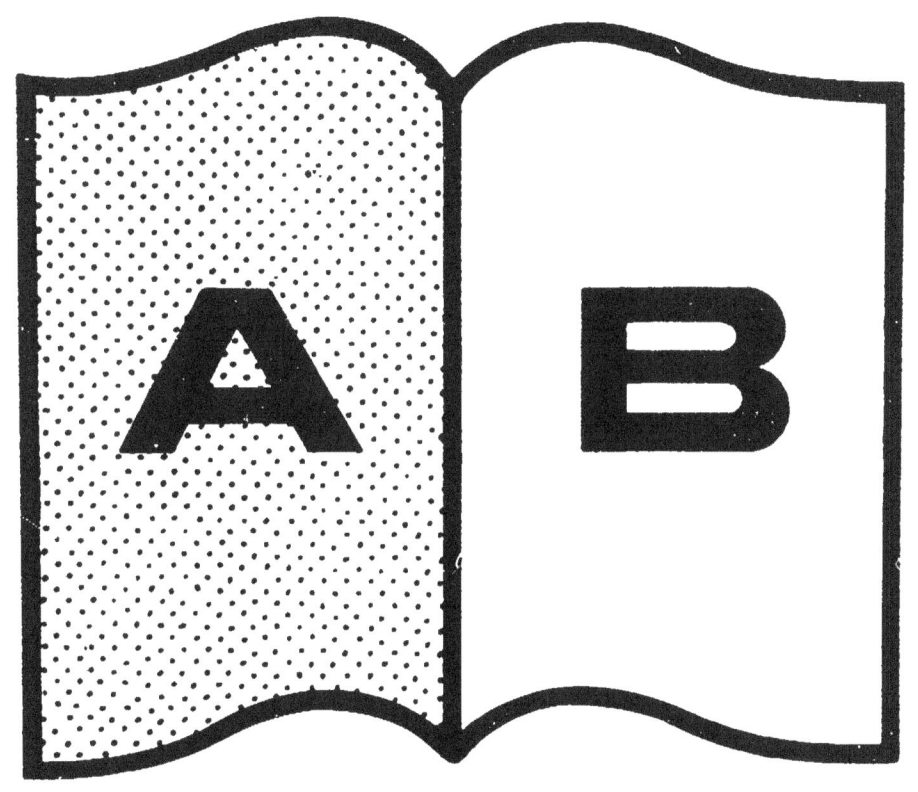

Contraste insuffisant

NF Z 43-120-14

www.ingramcontent.com/pod-product-compliance
Lightning Source LLC
Chambersburg PA
CBHW060841250626
47162CB00005B/2135